AF098838

www.ingramcontent.com/pod-product-compliance
Lightning Source LLC
LaVergne TN
LVHW020432080526
838202LV00055B/5152
9788196113421

سندباد جہازی

(الف لیلہ کا ایک مشہور دلچسپ قصہ)

مصنف:

ابوالاثر حفیظ جالندھری

© Taemeer Publications
Sindbad Jahazi *(Kids Novel)*
by: Hafeez Jalandhari
Edition: January '2023
Publisher & Printer:
Taemeer Publications, Hyderabad.

ISBN 978-81-961134-2-1

مصنف یا ناشر کی پیشگی اجازت کے بغیر اس کتاب کا کوئی بھی حصہ کسی بھی شکل میں بشمول ویب سائٹ پر اَپ لوڈنگ کے لیے استعمال نہ کیا جائے۔ نیز اس کتاب پر کسی بھی قسم کے تنازع کو نمٹانے کا اختیار صرف حیدرآباد (تلنگانہ) کی عدلیہ کو ہو گا۔

© تعمیر پبلی کیشنز

کتاب	:	**سندباد جہازی**
مصنف	:	**حفیظ جالندھری**
صنف	:	ادب اطفال
ناشر	:	تعمیر پبلی کیشنز (حیدرآباد، انڈیا)
زیر اہتمام	:	تعمیر ویب ڈیولپمنٹ، حیدرآباد
سالِ اشاعت	:	۲۰۲۳ء
تعداد	:	(پرنٹ آن ڈیمانڈ)
طابع	:	تعمیر پبلی کیشنز، حیدرآباد -۲۴
صفحات	:	۸۰
سرورق ڈیزائن	:	تعمیر ویب ڈیزائن

سند باد جہازی

مزدور ہند باد

جس زمانے میں بغداد پر خلیفہ ہارون رشید کی حکومت تھی۔ وہاں ایک مزدور رہتا تھا۔ جس کا نام ہند باد تھا، غریب آدمی تھا۔ اور پھر بال بچوں والا۔ مزدوری کر کے بڑی مشکل سے اپنا اور اپنے بال بچوں کا پیٹ پالتا تھا۔

ایک دن ہند باد سر پر بھاری بوجھ اُٹھا کر شہر میں چلا جا رہا تھا۔ گرمی کا موسم تھا۔ جس جگہ بوجھ پہنچانا تھا۔ وہ جگہ ابھی بہت دور تھی۔ پیٹھ شل ہو کر لکڑی کا تختہ ہو گئی تھی۔ پسینے میں شرابور ہو رہا تھا۔ سستانے کے لئے کوئی سایہ کی جگہ ڈھونڈنے لگا۔

ایک طرف جو نظر اُٹھائی۔ تو ایک کوچہ دیکھا۔ صاف ستھرا اور خوشنما۔ رستے پر گلاب کا چھڑکاؤ ہو رہا تھا۔ اور ٹھنڈی ٹھنڈی اور خوشبودار ہوا کے جھونکے آ رہے تھے۔ ہندباد اسی کوچے میں ہولیا۔ جا کر ایک بہت بڑے عالی شان محل کے سامنے بوجھ زمین پر رکھ دیا۔ اور سائے میں بیٹھ کر سستانے لگا۔

یہ کسی امیر کبیر آدمی کا محل معلوم ہوتا تھا۔ دروازے پر بہت سے خادم نفیس پوشاکیں پہنے کھڑے تھے۔ ہر طرف رونق اور چہل پہل تھی۔ اندر سے گانے بجانے کی سریلی آوازیں آ رہی تھیں۔ ان کے علاوہ ایسے ایسے لذیذ کھانوں کی خوشبوئیں پھیلی ہوئی تھیں۔ کہ مزدور بیچارے کے منہ میں پانی بھر آیا۔ دل میں کہنے لگا۔ یا تو یہاں کوئی شادی بیاہ ہے۔ یا کسی بڑی ضیافت کا سامان ہے۔

بیٹھے بیٹھے اس کے جی میں آئی۔ کہ اس مکان کے مالک کا نام دریافت کروں۔ ایک خادم سے پوچھا "کیوں جی۔ اس مکان کا مالک کون ہے"؟

خادم نے مزدور کی طرف تعجب سے دیکھا اور جواب دیا۔ "تو بغداد کا رہنے والا ہے اور اتنا بھی نہیں جانتا۔ کہ یہ سندباد جہازی کا گھر ہے"۔

مزدور نے کہا "میں نے تو یہ نام کبھی نہیں سنا۔ یہ جہازی صاحب

کام کیا کرتے ہیں"؟

خادم نے جواب دیا۔"ان کو کام کرنے کی کیا ضرورت ہے۔ خدا نے انہیں لاکھوں کروڑوں کا مقدور دیا ہے"۔

مزدور یہ حال سُن کر بہت حیران ہُوا۔ آسمان کی طرف دیکھ کر ایک آہ بھری۔ اور بڑی حسرت سے بولا" اللہ میاں۔ تم نے سند باد کو تو اتنا دے دیا کہ آج عیش کر رہا ہے۔ اور غریب ہند باد کی یہ حالت بنا رکھی ہے۔ کہ جو کی روٹی بھی مشکل سے نصیب ہوتی ہے۔ اس نے کون سا کام کیا ہے۔ کہ اس کا رتبہ اتنا بڑھا دیا۔ اور مجھ سے ایسا کیا قصور ہُوا۔ کہ اتنا بدنصیب اور ذلیل ہوں"؟

اس نے یہ باتیں بلند آواز سے کہیں۔ اور پھر سر جُھکا کر اپنی بدقسمتی پر افسوس کرنے لگا۔

وہ اسی حال میں تھا۔ کہ محل کے اندر سے ایک خدمت گار نکلا ہند باد سے کہا"آپ کو ہمارے آقا نے یاد کیا ہے"۔

ہند باد ڈر گیا۔ کہ شاید میری بے وقوفی کی باتیں کسی نے سُن لیں۔ اور اب سزا دینے کے لئے مجھے بلایا جا رہا ہے۔ طرح طرح کے عُذر کرنے لگا۔ کہ میرا بوجھ راستہ میں پڑا ہے۔ بہت جلدی پہنچانا ہے اسے یہاں چھوڑ کر کیسے اندر جاؤں؟

خدمت گار نے کہا"آپ کوئی اندیشہ نہ کریں۔ خادم آپ کے بوجھ

کی حفاظت کرتے ہیں۔

سند باد اور ہند باد

ہند باد مجبور ہو کر خدمت گار کے ساتھ ہو لیا۔ وہ اسے ایک بہت بڑے سجے ہوئے دالان میں لے گیا۔ وہاں ایک لمبے چوڑے دستر خوان پر طرح طرح کے لذیذ کھانے چنے ہوئے تھے۔ اور چاروں طرف بہت سے آدمی بیٹھے تھے۔ صدر میں ایک بڈھا آدمی سفید تکیے سے ٹیک لگائے بیٹھا تھا۔ اس کی سفید داڑھی سے نور برستا تھا۔ اور صورت بہت متبرک معلوم ہوتی تھی۔ اس شخص کے پیچھے بیسیوں خدمت گار حکم پر کان لگائے دست بستہ کھڑے تھے۔

مزدور نے قرینے سے سمجھ لیا۔ کہ یہی مالک مکان ہے۔ ڈرتے ڈرتے جھک کر سلام کیا۔ بوڑھے نے ہنس مکھ چہرے سے سلام کا جواب دیا۔ اور آسے اپنی دہنی طرف بٹھا لیا۔

پھر اچھے اچھے کھانے اپنے ہاتھ سے اُٹھا کر اُس کے آگے رکھ دئے۔ اور اصرار کر کے کھلائے۔

جب سب لوگ کھانا کھا چکے۔ تو سند باد نے مزدور سے پوچھا۔ "بھائی تمہارا کیا نام ہے؟"

مزدور نے آنکھیں نیچی کر کے جواب دیا۔ "ہند باد حضور"

سند باد نے کہا۔ میں اور میرے سب دوست تم سے مل کر بہت خوش ہوئے۔ اب میں چاہتا ہوں کہ جو بات ابھی ابھی تم نے دروازے کے باہر کہی تھی۔ اسے تمہارے مُنہ سے اپنے روبرو سنوں“۔

بات یہ تھی کہ جوش کی حالت میں ہند باد کے مُنہ سے جو بات نکلی تھی۔ سند باد نے سُن لی تھی۔ اسی لئے اس کو بلا بھیجا تھا۔

ہند باد نے شرما کر اور گردن نیچی کر کے جواب دیا۔ ”اُس وقت میں تکان اور گرمی کی وجہ سے ہوش میں نہیں تھا۔ کوئی نامناسب بات میرے مُنہ سے نکلی ہو۔ تو اب اُسے دوبارہ کہنا بے ادبی ہے۔ امیدوار ہوں۔ کہ میری گستاخی معاف کر دی جائے گی“۔

سند باد نے کہا۔ ”میں نے تمہیں ملامت کرنے کے لئے نہیں بلایا۔ مجھے تمہاری باتیں سُن کر تمہارے حال پر رحم آیا۔ اور تمہاری غریبی کی شکایت سُن کر تمہارے ساتھ ہمدردی پیدا ہو گئی۔ مگر بھائی تمہاری شکایت میرے بارے میں درست نہیں۔ شاید تم سمجھتے ہو گے۔ کہ مجھے یہ شان شوکت اور آرام بغیر مشقت کئے مل گئے ہیں۔ لیکن یہ بات نہیں ہے۔ میں نے اپنی زندگی میں اتنی مصیبتیں اور سختیاں اُٹھائی ہیں۔ کہ تم سُن کر کانپ اُٹھو گے۔ میں نے سمندر اور خشکی کے کئی سفر کئے ہیں اور ان سفروں میں ایسی ایسی آفتیں مجھ پر ٹوٹی ہیں۔ کہ تم ان کا دھیان بھی اپنے جی میں نہیں لا سکتے“۔

پھر سند باد نے ساری جماعت کو مخاطب کر کے کہا "صاحبو! میں نے سمندر کے سات سفر کئے ہیں۔ اگر آپ لوگ اجازت دیں تو میں تھوڑا تھوڑا حال ہر سفر کا بیان کروں۔ ان حالات کو سُن کر آپ لوگ بہت حیران ہوں گے اور آپ کو معلوم ہو جائے گا۔ کہ اتنی دولت اکٹھی کرنے میں مجھے کیسی کیسی بلاؤں کا سامنا کرنا پڑا تھا۔"

سب لوگ قرینے سے بیٹھ گئے۔ سند باد نے پہلے اپنے خدمتگاروں کو حکم دیا۔ کہ ہندباد کا بوجھ جہاں وہ کہے پہنچا دو۔ پھر اس نے اپنے پہلے سفر کا حال اس طرح بیان کرنا شروع کیا۔

سند باد جہازی کا پہلا سفر

صاحبو۔ میں نے اپنے باپ کے ترکے سے جو دولت پائی تھی۔ سب کی سب جوانی کی فضول خرچیوں میں اُڑا ڈالی۔ جب تھوڑی سی پونجی باقی رہ گئی۔ تو میری آنکھیں کھلیں۔ اپنی بے وقوفی پر بہت شرمندہ اور پشیمان ہوا۔ اور سوچنے لگا۔ کہ اب جو کچھ باقی ہے۔ کسی طرح اسی سے اپنی حالت سنوارنی چاہئے۔

آخر باقی کی جائداد فروخت کر دی۔ اور سمندر کے سوداگروں کے پاس جا کر صلاح مانگی۔ انہوں نے مجھے نیک مشورے دئیے۔ اور

ان کی صلاح سے میں بہت جلد تجارت کا مال خرید کر بصرے کی بندرگاہ کی طرف روانہ ہُوا۔

وہاں جہاز کرایہ کر کے سوار ہوا۔ اور جہاز کا لنگر اٹھا دیا گیا۔ میں اور دوسرے سوداگر فارس کے سمندر میں سے ہوتے ہوئے ہند کی جانب چلے۔ یہ سمندر عرب کے دائیں اور فارس کے بائیں طرف ہے۔ ستر میل چوڑا۔ اور جزیرہ وقواق تک ڈھائی ہزار میل لمبا ہے۔ پہلے تو میں کئی روز سمندر کی بیماری میں مُبتلا رہا۔ مگر جب سمندر کے سفر کی عادت پڑ گئی۔ تو تندرست ہو گیا۔ راستے میں کئی جزیرے آئے۔ جن میں ہم نے اپنا اسباب بیچا۔ اور وہاں سے نئی چیزیں خریدیں۔ ہوا موافق تھی۔ اور ہمارا جہاز مزے مزے چلا جا رہا تھا۔ ناگہاں ہمیں ایک خوب صورت اور سرسبز جزیرہ نظر آیا۔ کپتان نے خلاصیوں کو حکم دیا۔ کہ جہاز کی پالیں اُتار لیں۔ اور ہم سب کو اجازت دے دی۔ کہ جس کا جی چاہے اُتر کر جزیرے کی سیر کر لے۔ چنانچہ میں اور کئی دوسرے سوداگر اپنا اپنا کھانے کا سامان لے کر اُس جزیرے پر اُتر پڑے۔ ہم نے وہاں مچھلیوں کا شکار کیا۔ آگ سلگائی۔ اور بیٹھ کر مچھلیاں بھوننے لگے۔

سمندری مچھلی کی پیٹھ

یکایک جزیرہ ہلنے لگا۔ جیسے بھونچال سا آ رہا ہے۔ پہلے تو

ہم نے کچھ خیال نہ کیا۔ لیکن کئی بار جنبش ہوئی۔ تو جہاز والوں نے ہمیں آوازیں دینی شروع کیں۔ کہ جلد جہاز پر چلے آؤ۔ ورنہ سب کے سب غرق ہو جاؤ گے۔ یہ جزیرہ نہیں۔ ایک بہت بڑی مچھلی کی پیٹھ ہے۔

ہم اس بات کو سُن کر بہت گھبرائے۔ جو لوگ چست چالاک تھے۔ وہ تو دوڑ کر کشتیوں میں سوار ہو گئے۔ اور چل دئے۔ میں اکیلا اس مچھلی کی پیٹھ پر رہ گیا۔

اب اس مچھلی نے سمندر میں غوطہ لگایا۔ میں سمندر میں ڈوب گیا ہوتا۔ مگر ایک لکڑی جسے میں جلانے کے لئے جہاز سے لے آیا تھا۔ میرے لئے تنکے کا سہارا ہو گئی۔ میں اس کے بل پر تیرنے لگا۔

دوستو اس وقت کا حال کیا بیان کروں۔ سمندر میں تختے سے لپٹا ہوا تھا۔ اور دیکھ رہا تھا۔ کہ جہاز لنگر اٹھا کر تیز تیز جا رہا ہے۔ اور میں وہاں تک پہنچ نہیں سکتا۔

راجہ کے سائیس

غرض جہاز چلا گیا۔ اور میں اتنے بڑے سمندر میں تنہا رہ گیا۔ ہر گھڑی مجھے اندیشہ ہوتا تھا۔ کہ کوئی بڑی مچھلی منہ پھیلائے ہوئے آئے گی۔ اور مجھے ہڑپ کر لے گی۔

ایک دن اور ایک رات اس لکڑی کے بل پر تیرتا رہا۔ لیکن کہاں

تک تیرتا؟ نڈھال ہو گیا۔ قریب تھا کہ ڈوب جاؤں۔ یکایک ایک لہر نے اُٹھا کر مجھے کنارے پر پہنچا دیا + میں بڑی مشکل سے خشکی تک پُہنچا۔ اور بیہوش ہو کر گر پڑا +

کچھ دیر بعد ہوش آیا۔ تو پیٹ میں آگ لگ رہی تھی۔ چلنے کی طاقت نہ تھی۔ گھٹنوں کے بل گھسٹتا گھسٹتا ایک شیریں چشمے کے کنارے پُہنچا۔ اور تھوڑا سا پانی پیا + چشمے کے کنارے بہت سے پھل درختوں سے گرے پڑے تھے۔ وہ کھائے۔ تو کچھ جان میں جان آئی +

اب اس جزیرے میں اِدھر اُدھر پھرنے لگا + پھر رہا تھا۔ کہ دیکھا دور ایک میدان میں کچھ گھوڑے چرتے پھر رہے ہیں + مجھے کچھ خبر نہ تھی۔ کہ یہ کون سی سرزمین ہے۔ یہاں بُرائی پیش آئے گی یا بھلائی۔ لیکن آخر کیا کرتا۔ اُدھر ہی کو چل پڑا +

وہاں پہنچ کر دیکھا۔ بہت خوب صورت اور تیار گھوڑیاں چاروں طرف پھر رہی ہیں۔ اور انسان کا نام نشان نہیں + حیران ہو کر اِدھر اُدھر دیکھنے لگا۔ کہ ان گھوڑیوں کا کوئی مالک بھی کہیں ہے یا نہیں، دیکھ ہی رہا تھا۔ کہ پہلے تو زمین کے نیچے سے آدمیوں کے بولنے کی آواز آنی شروع ہوئی۔ پھر یکایک ایک آدمی نہ جانے کہاں سے نکل آیا۔ اور مجھ سے پوچھنے لگا۔ "تو کون ہے"

میں نے اس کو اپنی بپتی کہہ سُنائی۔ وہ مجھے اپنے ساتھ ایک تہ خانے میں لے گیا۔ وہاں اور بھی کئی آدمی تھے۔ سب مجھے دیکھ کر اور میرا حال سُن کر حیران ہوئے۔

اُنہوں نے مجھے کھانا دیا۔ میں نے شکریہ کے ساتھ کھایا۔ اور اُن سے پُوچھا۔ کہ تم لوگ کون ہو۔ اور اس ویران تہ خانے کے اندر چھپ کر کیوں بیٹھے ہو؟

وہ بولے۔ "ہم اس جزیرے کے مہاراجہ کے سائیس ہیں۔ مہاراجہ کی گھوڑیاں لے کر ہم ہر سال ان دنوں یہاں آتے ہیں۔ گھوڑیوں کو تو کھلا چھوڑ دیتے ہیں۔ اور خود یہاں تہ خانوں میں چھپ کر بیٹھ رہتے ہیں۔ ہمارے چھپ جانے سے دریائی گھوڑے بھی آ کر گھوڑیوں میں شامل ہو جاتے ہیں۔ اور یہ ان کے ساتھ ساتھ مزے میں چرتی۔ تازہ ہوا کھاتی اور دوڑتی پھرتی ہیں۔ تھوڑے دنوں میں جب گھوڑیاں خوب تیار ہو جاتی ہیں۔ تو ہم اپنے شہر کو لوٹ جاتے ہیں۔ کل ہمارے رخصت ہونے کا دن ہے۔

میں نے کہا: "مہربانی فرما کر مجھے بھی اپنے ساتھ لیتے جائیے گا۔" انہوں نے منظور کر لیا۔

دوسرے دن میں ان سائیسوں کے ساتھ شہر میں گیا۔ انہوں نے مجھے مہاراجہ کے سامنے پیش کر دیا۔ میں نے آداب

بجا لا کر اپنی مصیبتوں کا حال بیان کیا۔ مہاراج سُن کر بہت دیر تک افسوس کرتے رہے۔ پھر اپنے ملازموں کو حکم دیا۔ کہ اس بربادسوداگر کو نہایت آرام سے رکھو۔ یہ ہمارا مہمان ہے۔

میں سوداگر تھا۔ اس لئے شہر کے سوداگروں سے زیادہ میل جول رکھتا۔ اور باہر سے آنے والے لوگوں سے بغداد کا حال پوچھا کرتا۔ اور اس امید میں رہتا۔ کہ شاید کوئی مجھے اپنے ساتھ وطن کو لے جائے۔

مہاراج کا شہر بہت لمبا چوڑا اور بارونق تھا۔ اس کے کنارے ملک ملک کے جہاز آکر ٹھہرتے تھے۔

اکثر لوگ ان جزیروں سے بھی آتے رہتے تھے۔ جو مہاراج کے باج گذار تھے۔ میں ان لوگوں سے بھی ملتا۔ وہ میرے وطن کے رسم رواج پوچھتے۔ اور میں ان کے رسم رواج سے واقفیت حاصل کرتا۔ یوں ہی میں عرصے تک مہاراج کا مہمان بنا رہا۔ اور ان کے ماتحت جو جزیرے تھے۔ ان میں سے بعض بعض کی سیر بھی کرتا رہا۔

میرا جہاز

ایک دن میں جہازوں کی، لنگر گاہ کے قریب کھڑا تھا۔ کہ ایک جہاز آکر ٹھہرا۔ اور اس میں سے بہت سے تاجر اسباب کی گٹھڑیاں اتار کر

شہر میں بیچنے کے لئے لائے۔

یکایک میری نظر ایک گٹھڑی پر پڑی۔ جس پر میرا نام لکھا تھا۔ میں نے فوراً پہچان لیا۔ کہ یہ وہی مال ہے۔ جسے میں نے بصرے کی بندرگاہ میں جہاز پر لادا تھا۔

میں اسی وقت جہاز کے ناخدا سے جا کر ملا۔ اور اس سے دریافت کیا۔ کہ یہ کس سوداگر کی گٹھڑیاں ہیں؟ اس نے کہا۔ "بصرے سے ہمارے ساتھ ایک بغدادی سوداگر سندباد نامی سوار ہوا تھا۔ یہ اسی کا مال ہے۔ بیچارہ راستے میں ڈوب گیا"۔

پھر اس نے مچھلی کی پشت کو جزیرہ سمجھ کر اترنے۔ اور میرے ڈوبنے کا حال مفصل بیان کیا۔ اور میرے ڈوبنے پر افسوس ظاہر کیا۔ اور کہا۔ کہ میں یہ مال اس شہر میں بیچ کر اصل اور نفع سب بغداد میں جا کر اس کے رشتہ داروں کو دوں گا۔

میں نے کہا۔ "وہ سندباد میں ہی ہوں۔ اور یہ گٹھڑیاں میری ہیں"۔

کپتان بولا۔ "سبحان اللہ۔ میں کیونکر اعتبار کر لوں۔ کہ تم سندباد ہو؟ میں نے اپنی آنکھوں اسے پانی میں ڈوبتے دیکھا تھا۔ دوسرے سوداگر بھی اس بات کے گواہ ہیں"۔

میں نے اسے اپنا سارا حال اول سے آخر تک سنایا۔ اور کہا کہ آپ غور سے مجھے دیکھیں۔ اس نے مجھے غور سے دیکھا۔ دوسرے سوداگرو

نے بھی پہچانا۔ اور سب کے سب مجھے زندہ بچ جانے پر مبارک باد دینے لگے۔ ناخدا نے خوشی خوشی مال میرے حوالے کر دیا۔

میں نے اس کی دیانت اور امانت کی بہت تعریف کی۔ اور کچھ مال اُسے دینا چاہا۔ مگر اس نے قبول نہ کیا۔

میں نے اُن گٹھڑیوں میں سے اچھی اچھی چیزیں انتخاب کیں۔ اور لے جا کر مہاراج کے سامنے نذرانے کے طور پر پیش کیں۔ مہاراج نے پوچھا "تم نے یہ اسباب کہاں سے پایا؟" میں نے سارا حال عرض کر دیا۔ جسے سُن کر مہاراج بہت خوش ہوئے۔ میری نذر قبول کر لی۔ اور مجھے انعام اکرام دے کر مالا مال کر دیا۔

میں رخصت ہو کر پھر اپنے پرانے جہاز پر سوار ہوا۔ اپنا مال یہاں بیچ دیا۔ اور یہاں سے صندل۔ کافور۔ آبنوس۔ جائفل۔ لونگ۔ سیاہ مرچ اور دارچینی وغیرہ چیزیں خریدلیں۔

جہاز یہاں سے کئی اَور جزیزوں میں گیا۔ اور آخر کار مدت کے بعد بصرے کی بندرگاہ پر واپس آگیا۔ میں سمندر سے خشکی پر اُترا۔ اور خادم کے ساتھ ساتھ بغداد پہنچا۔ مجھے اس سفر میں ایک لاکھ ریال نفع ہُوا۔

میں نے بغداد میں آکر لونڈی غلام خرید کیئے۔ مکان خریدا۔ اور بڑے آرام سے رہنے لگا۔ اور سفر کی مصیبتوں کو بالکل بھول گیا۔

اتنا حال سنا کر سندباد نے قوالوں اور آور گانے والوں کو اشارہ کیا۔ وہ گانے بجانے لگے۔ یہاں تک کہ اس شغل میں شام ہو گئی۔ پھر کھانے پینے لگے۔ ہندباد اور سب دوستوں نے سیر ہو کر کھائے جب رات ہو گئی۔ تو سندباد نے ایک سو ریال کی تھیلی ہندباد کو دی۔ اور کہا:"اب تم اپنے گھر جاؤ۔ کل پھر یہاں آجانا۔ میں تمہیں اپنے دوسرے سفر کا حال سناؤں گا"۔

ہندباد نے سو ریال کبھی خواب میں بھی نہ دیکھے تھے۔ خوشی سے پھولا نہ سمایا۔ تھیلی شکریہ کے ساتھ لے لی۔ اور رخصت ہو کر اپنے گھر آیا۔ اور بال بچوں سے آج کا سارا ماجرا بیان کیا۔

دوسرے دن اُس نے اچھی پوشاک خریدی۔ اور پہن کر پھر سندباد کے مکان پر پہنچ گیا۔ سندباد اُسے دیکھ کر مسکرایا اور خیر عافیت پوچھی۔ جب سب رفیق جمع ہو گئے۔ اور کھانے سے فراغت ہو چکی۔ تو سندباد نے اپنے دوسرے سفر کا حال اِس طرح سُنایا۔

سندباد جہازی کا دوسرا سفر

صاحبو۔ پہلے سفر میں مجھ پر ایسی مصیبتیں پڑی تھیں۔ کہ میں نے دل میں عہد کر لیا تھا۔ اب پھر سفر نہ کروں گا۔ لیکن رفتہ رفتہ وطن میں

بیٹھے رہنے سے اُکتا گیا۔ اور نئے نئے شہروں کی سیر کا شوق پھر دامن گیر ہُوا۔ آخر سفر کا سامان درست کیا۔ جنس خریدی۔ اور نیک تاجروں کے ہمراہ بصرے کی طرف روانہ ہُوا ۔

ہم سب جہاز پر سوار ہوئے۔ اور جہاز نے ہوا موافق دیکھ کر لنگر اُٹھا دیا ۔

ہم مختلف جزیروں کی سیر کرتے اور اپنے سامان کو بیچتے ہوئے چلے جاتے تھے۔ کہ ہمارا گذر ایک بہت ہی خوشنما مگر غیر آباد جزیرے میں ہُوا ۔

جزیرہ میوہ دار درختوں اور پھول دار جھاڑیوں سے بھرا ہوا تھا۔ ہم وہاں اُترے۔ دیکھا جزیرہ بالکل غیر آباد ہے۔ کسی آدم زاد کا نام نشان تک نہیں۔ میرے ساتھی میوے جمع کرنے لگے۔ اور میں ایک چشمہ کے کنارے درختوں کی چھاؤں میں ہری ہری گھاس پر لیٹ کر سو گیا ۔

رُخ کا انڈا

خدا جانے کتنی دیر تک پڑا سوتا رہا۔ جاگا تو دیکھتا کیا ہوں۔ کہ نہ کوئی ساتھی موجود ہے نہ جہاز۔ نہ معلوم انہیں میرا خیال نہ رہا۔ یا وہ مجھے ڈھونڈتے رہے۔ اور میں اُنہیں نہ ملا۔ اس لئے مایوس ہو کر وہ

چلے گئے۔ مجھے اپنی بے وقوفی پر بڑا افسوس ہوا۔ میں اب اس تنہا اور ویران جزیرے میں اِدھر اُدھر پھرنے لگا۔ کبھی روتا تھا۔ اور کبھی سر پیٹ پیٹ کر اپنے آپ کو سخت ملامت کرنے لگتا تھا۔

میں دیر تک اسی حال میں پھرتا رہا۔ پھرتے پھرتے کیا دیکھتا ہوں۔ کہ دور ایک سفید گنبد سا نظر آ رہا ہے۔ میں خوش ہو کر اس طرف دوڑا۔ قریب جا کر اس گنبد کے چاروں طرف گھوما۔ گنبد کا گھیر کوئی پچاس گز ہوگا۔ مگر دروازہ کہیں نظر نہ آیا۔

آفتاب غروب ہونے کو آ گیا۔ تاریکی بڑھنے لگی۔ میرے دل میں ہزاروں وسوسے پیدا ہو رہے تھے۔ اتنے میں گھبرا کر کبھی زمین کو دیکھتا تھا کبھی آسمان کو۔ کہ دور سے ایک بہت بڑی چڑیا اُڑتی ہوئی آتی نظر آئی۔ یہ دیکھ کر میں بہت ہی حیران ہوا۔ کہ وہ چڑیا میری ہی طرف آ رہی تھی۔

مجھے جہاز والوں کا کہنا یاد آیا۔ کہ اس طرف ایک بہت بڑی چڑیا ہوتی ہے۔ جس کا نام رُخ ہے۔ اور ہندی میں اُگروڑ کہتے ہیں۔ میں نے خیال کیا۔ کہیں یہ گنبد اس پرندے کا انڈا نہ ہو۔

میرا خیال سچ نکلا۔ وہ چڑیا آئی اور بیٹھ کر انڈے کو سینے لگی۔ اس کا پنجہ میرے پاس آ کر پڑا۔ ایک ایک ناخن بڑے درخت کی جڑ کے مانند تھا۔

میں نے اپنی پگڑی اُتار دی۔ اور اپنے آپ کو اس کے ناخن کے ساتھ کس کر باندھ لیا۔ اور اس انتظار میں بیٹھ رہا۔ کہ صبح کو جب یہ چڑیا اُڑے گی۔ تو مجھے بھی اپنے ساتھ اُڑا کر لے جائے گی۔

اژدہوں کا پہاڑ

یہ چڑیا رات بھر انڈا سیتی رہی۔ اور میں ساری رات اس کے ناخن سے بندھا ہوا جاگتا رہا۔ دوسرے دن صبح کو وہ اُڑی۔ میں بھی ساتھ اُڑا۔ وہ اتنی بلند ہوئی۔ کہ مجھے زمین دکھائی بھی نہ دیتی تھی۔ پھر یکایک وہ پہاڑوں کے درمیان ایک گہری وادی میں اتری۔ میں نے جلدی جلدی اپنی پگڑی کی گرہ کھول ڈالی۔ اور اس کے ناخن سے جدا ہو کر ایک پتھر کی آڑ میں چھپ گیا۔

رُخ ایک بہت بڑے اژدہے پر جا گری۔ اور اسے پنجوں میں دبا کر اُڑ گئی۔ میں نے دیکھا کہ وہ جگہ جہاں میں رُخ کے پنجے سے علیحدہ ہوا تھا۔ اونچے اونچے پہاڑوں کے درمیان ایک تنگ گھاٹی تھی۔ کسی آدمی کا مقدور نہ تھا۔ کہ اس میں داخل ہو سکے یہ جگہ اور بھی زیادہ خطرناک اور ہیبت انگیز تھی۔

اِدھر اُدھر نظر ڈالی۔ تو دیکھتا کیا ہوں۔ کہ وہاں ہر طرف ہیرے کے بڑے بڑے ٹکڑے بکھرے پڑے ہیں۔ بعض ٹکڑے تو

اتنے بڑے بڑے تھے۔ کہ میں دیکھ کر حیران رہ گیا میں نے بہت سے ہیرے جمع کئے۔ اور اپنے کپڑوں میں باندھ لئے۔

اس وادی میں ہر طرف اژدہے پھنکاریں مار رہے تھے۔ اتنے بڑے بڑے تھے۔ کہ ان میں سے جو سب سے چھوٹا تھا۔ ایک بہت بڑے ہاتھی کو ہڑپ کر سکتا تھا۔ ان اژدہوں کو دیکھ کر میرا خون سوکھ گیا۔ اور ہیرے پانے کی ساری خوشی خاک میں مل گئی۔

میں تمام دن جنگل میں اِدھر اُدھر بڑی احتیاط سے پھرتا رہا۔ جب سورج چھپ گیا۔ تو ایک چھوٹے سے محفوظ غار میں جا چھپا۔ غار کا منہ پتھروں سے بند کر لیا۔ صرف اتنا سوراخ رہنے دیا۔ جس سے ہوا اور روشنی آ جا سکے۔

اب سانپوں نے اپنی بانبیوں سے نکلنا اور بولنا شروع کیا۔ یہ خوفناک آوازیں سُن کر میری بہت بُری حالت ہوئی۔ نیند کا تو کیا ذکر۔ ساری رات ڈر کے مارے تھر تھر کانپتا رہا۔

ہیروں کے سوداگر

رات گذری اور دوسرا دن چڑھا۔ سانپ اپنی اپنی جگہ بانبیوں میں جا چھپے۔ میں غار سے باہر نکلا۔ گھر سے روٹی نکالی اور ایک پتھر پر بیٹھ کر کھانے لگا۔ روٹی کھائی تو ذرا حواس بجا ہوئے۔ دور اتوں

سے پلک سے پلک نہ ملائی تھی۔ پتھر سے ٹیک لگا کر سو گیا۔

تھوڑی دیر بھی نہ سونے پایا تھا۔ کہ کسی چیز کے گرنے کی آواز سے چونک اٹھا۔ اٹھ کر دیکھا۔ تو تازہ گوشت کا ایک لوتھڑا نظر آیا۔ میں اس کو دیکھ رہا تھا۔ کہ اوپر سے بہت سے لوتھڑے گرنے لگے۔ اب تو میں بہت ہی حیران ہوا۔ مجھے یاد آیا۔ شاید میں نے جہاز میں یہ بات کسی سے سنی تھی۔ کہ پہاڑوں میں ایک جگہ ہیرے کی کان ہے۔

جس موسم میں گدھ اور کرگس انڈے بچے دیتے ہیں۔ اکثر جوہری اس پہاڑ پر جاتے ہیں۔ اور گوشت کے بڑے بڑے ٹکڑے نیچے وادی میں پھینک دیتے ہیں۔ ہیرے ان لوتھڑوں سے چپک جاتے ہیں۔ گدھ گوشت کو اٹھا کر خود کھانے اور بچوں کو کھلانے کے لئے اوپر اپنے گھونسلوں میں لے جاتے ہیں۔ وہاں جوہری شور مچا مچا کر گدھوں کو تو اڑا دیتے ہیں۔ اور گوشت کے لوتھڑوں میں سے ہیرے نکال کر الگ کر لیتے ہیں۔

میں نے ادھر ادھر نگاہ دوڑائی۔ یہ جگہ ایسی گہری اور بے ڈھب تھی۔ کہ مجھے کوئی راستہ اوپر چڑھنے یا نیچے اترنے کا نظر نہ آتا تھا۔

آخر میں نے کیا کیا۔ کہ گوشت کا ایک بڑا لوتھڑا اٹھایا۔ اور

اپنے تمام جسم کے گرد لپیٹ لیا۔ اپنے چمڑے کے توشہ دان میں بڑے بڑے ہیرے چن کر بھر لئے۔ اور توشہ دان کمر سے کس کر باندھ لیا۔ اور زمین پر چپکا پڑ رہا۔

تھوڑی ہی دیر میں گدھوں نے گوشت دیکھ کر پہاڑوں سے اُترنا شروع کیا۔ اور ایک بہت بڑا گدھ اس لوتھڑے کو اُٹھا کر اُڑا۔ جسے میں نے اپنے اوپر لپیٹ لیا تھا۔

اس گدھ نے مجھے اُٹھا لیا۔ اور پہاڑ کی چوٹی پر لے جا کر اپنے گھونسلے میں پہنچایا۔ ایک سوداگر وہاں موجود تھا۔ اُس نے جو شور مچایا۔ تو گدھ اُڑ گیا۔ اب وہ سوداگر مجھے دیکھ کر بہت حیران ہوا۔ اور اپنی محنت برباد جانے پر مجھ سے جھگڑنے لگا۔

میں نے اُس سے کہا "تم خاطر جمع رکھو۔ میرے پاس بہت سے ہیرے ہیں۔ ان کو اپنا ہی سمجھو"۔ پھر میں نے اپنا چمڑے کا توشہ دان اُسے دکھایا۔

اتنے میں اور بہت سے سوداگر جمع ہو گئے۔ اور میرا حال پوچھنے لگے۔ میں نے اپنی سرگذشت سنائی۔ اور وہ طریقہ بھی بتایا جس کے ذریعے میں گوشت کے ٹکڑے میں لپٹ کر یہاں پہنچا تھا۔ سوداگر بہت حیران ہوئے۔ اور مجھے اپنے ٹھکانے پر لے گئے۔ میں نے اپنے ہیرے اُن کو دکھائے۔ وہ دیکھ کر کہنے لگے۔

کہ اتنے بڑے ہیرے آج تک ہم نے کہیں نہیں دیکھے ۔

ان تاجروں کا طریقہ یہ تھا۔ کہ گدھوں کے دو دو تین تین گھونسلے آپس میں بانٹ لیتے تھے۔ اور ان میں سے جتنے ہیرے ملتے تھے لے لیا کرتے تھے۔ جس سوداگر کے حصے میں اُس گدھ کا گھونسلا آیا۔ جو مجھے اُٹھا کر لایا تھا۔ اُسے میں نے کہا۔ کہ میرے ہیروں میں سے جس قدر ہیرے آپ چاہیں شوق سے لے لیں۔ مگر اس نے انکار کیا۔ آخر میرے اصرار پر دو تین بڑے ہیرے لے لئے۔ اور کہا۔ کہ یہ مجھے عمر بھر کے لئے کافی ہیں ۔

جزیرہ روما

میں کئی دن ان سوداگروں کے ساتھ رہا۔ پھر ان کے ساتھ جزیرہ روما کو چل دیا۔ راستے میں کئی جگہ اژدہے نظر آئے۔ مگر ہم کو کوئی نقصان نہ پہنچا۔ اور ہم خیر و عافیت سے جزیرے میں جا پہنچے ۔

جزیرہ روما میں کافور کے درخت بہت ہیں۔ ان درختوں کی شاخوں میں چھری سے شگاف کر دیتے ہیں۔ تو ان میں سے عرق بہہ نکلتا ہے۔ عرق کو ایک برتن میں جمع کر لیتے ہیں۔ جب یہ جم جاتا ہے تو کافور بن جاتا ہے۔ کافور کا درخت اتنا بڑا ہوتا ہے۔ کہ سو ڈیڑھ

سو آدمی اس کے سایہ میں آرام سے رہ سکتے ہیں۔

اس جزیرے میں گینڈے اور ہاتھی بہت تھے۔ گینڈا ہاتھی سے چھوٹا اور بڑے بھینسے کے برابر چوپایہ ہوتا ہے۔ اس کی ناک پر ایک ڈیڑھ فٹ لمبا ٹھوس سینگ ہوتا ہے۔ جس پر قدرتی نقش نگار بنے ہوتے ہیں۔ گینڈا اکثر ہاتھی کے پیٹ میں سینگ مار کر اُسے سر پر اُٹھا لیتا ہے۔ مگر زخمی ہاتھی کا لہو اور چربی بہہ بہہ کر گینڈے کو اندھا کر دیتی ہے۔ یہ اسی طرح ہاتھی کو سر پر اُٹھائے کھڑا رہتا ہے اسی حالت میں رخ آتا ہے اور دونوں کو اُٹھا کر اپنے بچوں کو کھلانے کے لئے لے جاتا ہے۔

میں جزیرہ روما سے جہاز میں سوار ہوا۔ اکثر جزیروں میں ہوتا ہوا اور ہیروں کو بیچ کر وہاں کی قیمتی پیداوار خرید کرتا ہوا بندرگاہ بصرہ میں آیا۔ وہاں سے بغداد پہنچا۔ یہاں آکر بہت سی دولت مسکینوں کو خیرات دی اور آرام سے رہنے لگا۔

سندباد نے دوسرے سفر کا حال سُنا کر پھر ایک سو ریال کی تھیلی ہندباد کو دی۔ اور کہا "کل پھر اسی وقت آنا۔ میں اپنے تیسرے سفر کا حال سناؤں گا"۔

ہندباد اور سب مہمان رخصت ہو کر اپنے اپنے گھروں کو گئے۔

دوسرے دن پھر لوگ جمع ہوئے۔ ہندباد بھی آ پہنچا۔ سندباد

نے سب کو کھانا کھلایا۔ اور پھر اپنے تیسرے سفر کا حال سُنانا شروع کیا+

سند باد جہازی کا تیسرا سفر

بھائیو۔ میں اپنے دوسرے سفر کی خطرناک مصیبتوں کو بھی عیش وعشرت کے سبب بھول گیا+ کچھ مدت بعد پھر تیاری کی۔ اور سفر کے لئے جہاز پر سوار ہو گیا+

اس مرتبہ دیر تک کوئی حادثہ پیش نہ آیا+ میں نے اور دوسرے سوداگروں نے تجارت سے بہت فائدہ اُٹھایا+

لیکن ایک دن سمندر میں طوفان آ گیا+ آندھی اور بارش کے سبب ناخدا راستہ بھول گیا+ کئی دن جہاز بے راہ چلتا رہا۔ اور کہیں کا کہیں پہنچ گیا+ آخر ایک جزیرہ نظر آیا۔ تو وہاں ہمارے جہاز نے لنگر ڈال دیا+

ناخدا جہاز کے عرشہ پر چڑھ کر دیر تک اِدھر اُدھر دیکھتا رہا۔ اور پھر یکایک رونے پیٹنے لگا+

ہم نے سبب پوچھا۔ تو بتایا۔ کہ یہ جزیرہ اور اس کے ساتھ کے سب جزیرے جنگلی آدمیوں کے ہیں+ یہ جنگلی آدمی جہاز والوں

کے لئے بلا سے کم نہیں۔ ان لوگوں کی بڑی بھاری تعداد ہے۔ جہاں کسی نئے آدمی کو دیکھتے ہیں۔ وہ چاروں طرف سے جمع ہو کر حملہ کر دیتے ہیں۔ اور جان سے مار کر کھا جاتے ہیں۔

آدم خوروں کے ہاتھ میں

کپتان یہ باتیں کر ہی رہا تھا۔ کہ ہم نے دیکھا بہت سے بن مانس ہماری طرف دوڑے آرہے ہیں۔ ان کے قد سوا گز کے تھے۔ اور تمام کے جسم پر لال لال بال تھے۔ یہ لوگ جھٹ سمندر میں کود تیرتے تیرتے جہاز تک آپہنچے۔ اور اُسے چاروں طرف سے گھیر لیا۔ وہ کچھ بولے بھی۔ مگر ہم کچھ نہ سمجھ سکے۔ جہاز کی رسیاں پکڑ کر اوپر چڑھ آئے۔ پالیں کاٹ دیں۔ اور جہاز کو کھینچ کر کنارے پر لے گئے۔

اس وقت کی بیقراری کا حال کس طرح کہوں۔ وہ ہمیں زبردستی گرفتار کر کے جزیرے میں لے گئے۔ اور گھیر کر ایک بڑے مکان میں بند کر دیا۔

اس جگہ ہم نے دیکھا۔ کہ ہر طرف انسانوں کی ہڈیاں بکھری پڑی ہیں۔ ایک طرف کباب بھوننے کی سیخیں پڑی ہیں۔ اب تو ڈر کے مارے ہماری یہ حالت ہوئی۔ کہ کاٹو تو لہو نہیں بدن میں بیہوش

ہو کر گر پڑے۔ اور پھر طبیعت سنبھلی تو اُٹھ کر رونے پیٹنے لگے۔
یکا یک اس مکان کا دروازہ کھلا۔ اور ایک موٹا تازہ آدمی اندر داخل ہُوا۔ اس کا رنگ کالا۔ اور قد تاڑ کی طرح لمبا تھا۔ منہ گھوڑے کی طرح اور ایک آنکھ انگارے کی طرح سُرخ تھی آگے کے دانت نکلے ہوئے تھے۔ اور نیچے کا ہونٹ سینے پر لٹکتا تھا۔ کان ہاتھی کی طرح چھاج کے برابر۔ اور ناخن شکاری پرندوں کی طرح ٹیڑھے تھے۔
اس کو دیکھ کر ہم پھر بے ہوش ہو گئے۔ جب ہوش میں آئے۔ تو دیکھا کہ گھڑا مونہا۔ ڈیوڑھی میں کھڑا کچھ تجویز سوچ رہا ہے۔
پھر وہ آگے بڑھا۔ اور ہم میں سے ہر ایک کو گھما گھما کر یوں دیکھنے لگا۔ جیسے قصائی بکریوں کو دیکھتا ہے۔
سب سے پہلے مجھے دیکھا۔ مگر مجھ میں ہڈیوں کے سوا کیا رکھا تھا۔ اس لئے چھوڑ دیا۔ اسی طرح ہر ایک کو دیکھتا اور ٹٹولتا رہا۔ پھر کپتان کی نوبت آئی۔ چونکہ وہ ہم سب میں موٹا تازہ تھا۔ بہت سی آگ جلا کر اس کے کباب بنائے۔ اور چبا چبا کر کھا گیا۔ پھر ڈیوڑھی میں جا کر دروازے کے آگے سو رہا۔ کم بخت اس زور سے خراٹے لیتا تھا۔ جیسے بادل گرج رہا ہو۔

ہماری دلیری

ساری رات پڑا سوتا رہا۔ صبح کو وہ اُٹھا۔ اور باہر نکل گیا۔ ہم لوگ مکان میں اکیلے رہ گئے۔ جب وہ بہت دُور نکل گیا۔ تو ہم سب زور زور سے رونے لگے۔ مکان ہمارے رونے پیٹنے سے گونج اُٹھا۔ ہماری تعداد اچھی خاصی تھی۔ اور وہ دیو صرف ایک تھا۔ مگر اس سے جان بچانے کی کوئی تدبیر نہ سوجھتی تھی۔ آخر اپنی تقدیر پر راضی ہو کر باہر جزیرے میں نکلے۔ اس جزیرے میں پھل وغیرہ بہت تھے۔ کھاتے پیتے رہے۔ رات کو پھر اُسی منحوس مکان میں آکر بیٹھ رہے۔

وہ دیو پھر آیا۔ اور ہم میں سے ایک کو کباب کر کے کھا گیا۔ اور سو رہا۔ دوسرے دن صبح کو جب وہ اُٹھ کر باہر چلا گیا۔ تو میرے ساتھیوں نے ارادہ کیا۔ کہ جا کر دریا میں ڈوب مریں۔ اس عذاب کی موت سے دریا میں ڈوب جانا بہت اچھا ہے۔ مگر ایک مسلمان نے کہا۔ اپنے ہاتھ سے جان ہلاک کرنا گناہ ہے۔ ہمیں چاہیئے کہ کوئی تدبیر کریں۔ اور یہاں سے بھاگ جائیں۔ اس کے کہنے سے سب فکر کرنے اور سوچنے لگے۔ آخر میں نے سب سے کہا۔ کہ سمندر کے کنارے بہت سے تختے رسیاں اور

لکڑیاں پڑی ہیں۔ ہمیں چاہیئے۔ کہ چار پانچ کشتیاں بنا کر کسی جگہ چھپا دیں۔ اور پھر جب موقع ملے۔ یہاں سے بھاگ چلیں۔

میری یہ تجویز سب کو پسند آئی۔ ہم اسی وقت اٹھ کر سمندر کے کنارے پہنچے۔ اور بہت جلد پانچ کشتیاں رسّوں سے باندھ کر بنا لیں۔ ہر ایک کشتی میں تین تین آدمی بیٹھ سکتے تھے۔

شام کو ہم پھر اس مکان میں آئے۔ وہ دیو بھی آ گیا۔ اور روز کی طرح آج بھی اس نے ہمارا ایک آدمی بھون کر کھا لیا۔ پھر جا کر دہلیز کے پاس سو گیا۔

جب ہم نے اس کے خراٹوں کی آواز سنی۔ تو نو دلیر آدمی اٹھے۔ اور چپ چاپ لوہے کی سیخیں آگ پر گرم کرنے لگے۔ جب سیخیں گرم ہو گئیں۔ تو دبے پاؤں جا کر پے در پے اس دیو کی آنکھ پر رکھ دیں۔ یہاں تک کہ وہ اندھا ہو گیا۔

گھڑ موٹا مارے درد کے چیخا اور اٹھ کر ہم کو پکڑنے کے لئے ہر طرف ہاتھ پھیلانے لگا۔ مگر ہم ادھر ادھر بھاگ جاتے تھے۔ کوئی اس کے ہاتھ نہ آیا۔ آخر وہ دروازہ کھول کر باہر نکل گیا۔ اور بیل کی طرح ڈکرانے لگا۔

دوسری مصیبت

ہم اسی وقت مکان سے نکل کر دریا کی طرف بھاگے۔ اور آ کر

ان کشتیوں میں بیٹھ گئے۔ جو پہلے سے تیار تھیں۔ مگر رات کا وقت اور اندھیرا بہت تھا۔ اس لئے انتظار کرنے لگے۔ کہ پو پھٹ لے تو بھاگنے کی ٹھہرائیں ٭

صبح ہوئی۔ تو دیکھتے کیا ہیں۔ دو اَور دیو اس اندھے گھڑاموٹے کو بازوؤں سے پکڑے دریا کی طرف لا رہے ہیں۔ اور کئی بن مانس چیختے چلاتے اس طرف بھاگے آتے ہیں ٭

ہم سب نے گھبرا کر کشتیوں کو دریا میں ڈال دیا۔ اور زور زور سے کھینچنے لگے۔ دیوؤں نے بڑے بڑے پتھر اٹھا کر کشتیوں کی طرف پھینکنے شروع کئے۔ یہاں تک کہ چار کشتیاں ڈبو دیں۔ فقط ایک کشتی باقی رہ گئی۔ جس پر میں اور دوسرے ساتھی سوار تھے۔ ہم کشتی کو درست کھے کر اتنی دور نکل آئے۔ جہاں ان کے پتھر نہ پہنچ سکتے تھے ٭

آفت پر آفت

جب ہم کنارے سے دور نکل گئے تو سمندر کی بڑی بڑی لہروں نے ہماری کمزور کشتی کو گھیر لیا۔ کشتی تھی ہی کیا۔ چند تختے جوڑ کر رسوں سے باندھ لئے تھے۔ موجوں کا مقابلہ کس طرح کرتی؟ لیکن ایک دن اور ایک رات ہم کسی نہ کسی طرح پانی کا مقابلہ کرتے اور کشتی

کو بچاتے رہے۔ دوسرے دن ہم ایک جزیرے میں پہنچ گئے۔ کشتی سے اتر کر خشکی میں میوے وغیرہ کھائے۔ پانی پیا۔ اور بیٹھ کر اپنی مصیبت پر افسوس کرنے لگے۔

رات کو دریا کے کنارے سو رہے۔ لیکن آدھی رات کے وقت میری آنکھ کھل گئی۔ تو کیا دیکھتا ہوں کہ ایک بہت لمبا سانپ میرے ایک ہمراہی کو اٹھائے لئے جا رہا ہے۔ یہ دیکھ کر میرا تو خون جم گیا۔ میں نے اپنے ساتھی کو جگایا۔ اور دونوں ڈر کر دور بھاگ گئے۔ پھر بھی ہمیں ہڈیاں کھڑکنے اور ٹوٹنے کی آواز برابر آتی رہی۔ سانپ اس آدمی کو نگل لیتا۔ اور پھر اگل دیتا تھا۔

قصہ مختصر باقی رات بڑی مصیبت میں کٹی۔ اور دوسرا دن بھی بہت مایوسی اور پریشانی میں بسر ہوا۔

شام کو کچھ جنگلی میوے کھا کر ہم ایک درخت پر چڑھ گئے۔ جب آدھی رات ہوئی۔ تو پھر سانپ کے بولنے کی آواز آئی۔ میں نے دیکھا کہ جڑ کے قریب کھڑے ہو کر سانپ نے میرے ہمراہی کو کھینچ لیا ہے۔ اور اسے کھا رہا ہے۔

بھائیو ذرا خیال کرو۔ میری مصیبت اور تنہائی کی تصویر اپنی آنکھوں کے سامنے لاؤ۔ توبہ توبہ جب کبھی وہ وقت یاد آتا ہے۔ میرے بدن کے رونگٹے کھڑے ہو جاتے ہیں۔

خیر میں رات بھر اسی طرح چپ چاپ دم سادھے ہوئے درخت پر بیٹھا رہا۔ جب پھر دن چڑھ گیا۔ تو ادھ مؤا سا درخت سے اُترا۔ یقین ہو چکا تھا۔ کہ آج رات میں بھی اُس سانپ کا نوالا بن جاؤں گا۔

میں نے مایوس ہو کر ارادہ کیا۔ کہ دریا میں ڈوب مروں۔ لیکن پھر دل کو ڈھارس دی۔ اور خدا پر بھروسا کر کے بہت سی لکڑیاں اور کانٹے اکٹھے کئے۔ ایک اونچا درخت دیکھ کر اس کے آس پاس دور دور تک ڈھیر کر دئیے۔ جب رات ہوئی۔ تو میں درخت پر چڑھ کر اوپر پتوں میں چھپ رہا۔

رات کو سانپ آیا۔ اور درخت پر چڑھنے کی کوشش کرنے لگا۔ مگر ان کانٹوں کے سبب سے راہ نہ پائی۔ رات بھر میں اس نے سینکڑوں بل کھائے۔ مگر مجھ کو بچا لیا میرے پروردگار نے۔ صبح کے وقت سانپ رخصت ہو گیا۔ اور میں درخت سے اُترا۔ ایسے جینے سے مرنے کو بہتر سمجھ کر دریا میں ڈوب مرنے کے لئے چل کھڑا ہوا۔

جہاز

خدا کا فضل میرے شامل حال تھا۔ جب دریا پر پہنچا۔ تو دور سے ایک جہاز گذرتا ہوا نظر آیا۔ میں نے زور زور سے آوازیں دیں۔ اپنی پگڑی کو اُتار کر گھمایا۔ اتفاق سے کپتان نے مجھے دیکھ لیا۔ اور

جہاز کا رُخ جزیرے کی طرف کر دیا ۔

قریب آکر ننھی سی کشتی جزیرے پر بھیج دی۔ اور میں اس پر سوار ہو کر جہاز میں پہنچا ۔ مصیبتوں کی وجہ سے میری صورت بدل گئی تھی۔ کپتان اور جہاز والے مجھے دیکھ کر بہت حیران ہوئے۔ اور میرا حال پوچھنے لگے ۔

کپتان نے کہا۔ "ان جزیروں میں تمہارا آنا کس طرح ہُوا؟ یہاں تو مردم خور وحشی رہتے ہیں۔ اور ان کے علاوہ یہ جزیرے سانپوں کے گھر ہیں" ۔

میں نے ان لوگوں کو بتایا۔ میں بغداد کا رہنے والا ہوں۔ اور پھر اپنا سارا حال کہہ سنایا ۔ اُنہوں نے مجھے زندہ رہنے پر مبارک باد دی ۔

کپتان نے اپنے کپڑے مجھے پہننے کے لئے دئیے ۔ پھر اسباب کی تین گٹھڑیاں دے کر کہا۔ "یہ سامان بغداد کے ایک سوداگر کا ہے۔ چند برس ہوئے۔ وہ بصرے سے میرے جہاز پر سوار ہُوا تھا۔ راستے میں ایک جزیرے میں گم ہو گیا۔ میں نے اس کو بہت تلاش کیا۔ جب نہ ملا۔ تو اس کا سامان بیچنا شروع کیا ۔ یہ تین گٹھڑیاں باقی ہیں۔ تم ان کو بیچو۔ جب بصرے پہنچیں گے۔ تو دام تو اس شخص کے وارثوں کو دے دیا جائے گا۔ مگر میں فائدے میں سے تم کو بھی کچھ دلوا دوں گا" ۔

میں یہ حال سُن کر بہت حیران ہُوا۔ اور غور سے کپتان کی صورت دیکھنے لگا۔ میں نے پہچان لیا۔ کہ یہ وہی کپتان ہے۔ جس کے جہاز پر میں دوسرے سفر میں سوار ہُوا تھا ❊

میں نے پوچھا۔ "اس سوداگر کا کیا نام تھا" کپتان نے کہا "سندباد" میں نے کپتان سے کہا "سندباد تو مَیں ہی ہوں۔ آپ مجھے غور سے دیکھیں" ❊

کپتان نے مجھے غور سے دیکھا۔ اور پہچان کر مجھے سینے سے لپٹا لیا۔ پھر خوشی سے کہنے لگا۔ "بھائی سندباد میں تمہیں زندہ دیکھ کر بہت خوش ہُوا۔ یہ مال سب تمہارا ہے۔ اب نفع سمیت تمہیں سونپتا ہوں" ❊

میں نے اس کا شکریہ ادا کیا۔ پھر ہم سلہٹ اور دوسرے جزیروں میں گئے۔ جہاں سے لونگ دارچینی وغیرہ چیزیں خریدیں۔ اس سفر میں اتنے بڑے بڑے کچھوے دیکھے۔ جو پچیس پچیس گز لمبے تھے۔ مچھلیاں بھی عجیب غریب دیکھیں۔ بعض گائے کی طرح دودھ دیتی تھیں۔ اور بعض صورت شکل میں اونٹ سے ملتی جلتی تھیں ❊

پھرتے پھراتے بندرگاہ بصرہ میں آ گئے۔ اور میں وہاں سے بغداد پہنچا۔ اس سفر میں بھی مجھے بہت سی دولت حاصل ہوئی۔ میں اپنے وطن میں پہنچ کر خدا کا شکر بجا لایا۔ اور اپنے بال بچوں میں آرام سے رہنے لگا ❊

یہ حال سنا کر سند باد نے پھر سو ریال کی تھیلی ہند باد کو دی۔ اور کہا کل میں چوتھے سفر کا حال سناؤں گا۔

ہند باد دوسرے دن وقت پر پہنچ گیا۔ سب کے ساتھ کھانا کھایا۔ کھانے سے فراغت کے بعد سند باد نے اپنے چوتھے سفر کا حال اس طرح کہنا شروع کیا۔

سند باد جہازی کا چوتھا سفر

بھائیو۔ میں عیش و عشرت میں پڑ کر تینوں سفروں کی تکلیفیں بھول گیا۔ اور مال دولت جمع کرنے کی حرص مجھے پھر بصرے کی طرف لے گئی۔

بصرے سے ہم کئی سوداگر جہاز میں سوار ہو کر فارس کی طرف روانہ ہوئے۔ ہمارا جہاز تیرہ اور قرمہ وغیرہ جزیروں میں ہوتا ہوا مشرقی بندرگاہوں کی طرف جا رہا تھا کہ ایک دن دوپہر کے وقت ہوا کا ایک جھونکا آیا۔ کپتان نے خلاصیوں کو حکم دیا کہ فوراً بادبان نیچے کر دو۔ اور ہوشیار رہو۔ کیونکہ بہت بڑا طوفان آنے والا ہے۔

تھوڑی دیر میں طوفان بھی آ گیا۔ احتیاط تو بہت کی گئی مگر طوفان کے سامنے کچھ پیش نہ گئی۔ پالیں ٹکڑے ٹکڑے ہو گئیں۔ اور جہاز بالو پر چڑھ کر پاش پاش ہو گیا۔ سب لوگ مال اسباب کے ساتھ غارت

ہو گئے۔ مگر میں اور چند سوداگر تختوں کا سہارا لیتے ہوئے قریب کے جزیرے میں پہنچ گئے۔

حبشیوں کا گروہ

جزیرے میں پہنچ کر ہم نے جنگلی پھل کھائے۔ اور رات کو سمندر کے کنارے سو رہے۔ دوسرے دن پھر اس جزیرے میں گئے۔ اور ادھر اُدھر پریشان پھرنے لگے۔

یکایک حبشیوں کے ایک بہت بڑے گروہ نے ہم کو گھیر لیا۔ اور گرفتار کرکے آپس میں بانٹ لیا۔ اور بھیڑ بکریوں کی طرح ہانک کر اپنے اپنے گھروں میں لے گئے۔

مجھے اور میرے پانچ ساتھیوں کو ایک حجرے میں بند کر دیا۔ اور ہمارے آگے کسی قسم کی ترکاری لاکر رکھ دی۔ اور اشارے کرنے لگے کہ اسے کھا لو۔

میرے ساتھیوں نے بے سمجھے بوجھے سیر ہو کر اُسے کھا لیا۔ اور نشے میں بیہوش ہو گئے۔ پھر وہ حبشی چاولوں کو ناریل کے تیل میں پکا کر ہمیں کھلانے لگے۔ تاکہ ہم موٹے تازے ہو جائیں۔ اور وہ لوگ ہمیں ذبح کرکے اپنا نوالہ بنا سکیں۔

میں نے اپنے ساتھیوں کو بہتیرا سمجھایا۔ کہ ان چاولوں کو نہ کھاؤ۔

نقصان اُٹھاؤ گے۔ اُنھوں نے ایک نہ سُنی۔ مزے لے لے کر کھاتے رہے۔ مجھ سے جہاں تک ہوتا چاولوں سے پرہیز کرتا۔ بھوک مٹانے کو تو دو چار نوالہ کھا لیتا۔ اور بس کچھ دنوں کے بعد میرے ساتھی چاول کھا کھا کر خوب موٹے ہو گئے۔ حبشی تو اسی دن کے انتظار میں تھے ہی۔ ان کو ذبح کر کے کباب بنا کر کھا گئے۔

میں چونکہ بھوکا رہنے کے سبب سے بہت کمزور اور دبلا پتلا ہو گیا تھا۔ اس لئے اُنھوں نے مجھے کُھلا چھوڑ دیا۔ اور میں اس جزیرے میں آزاد پھرنے لگا۔ حبشیوں کا خیال تھا۔ کہ شاید آزادی پا کر میں بھی کچھ موٹا ہو جاؤں گا۔ اور وہ مجھے بھی کباب بنا کر کھا سکیں گے۔

ایک دن جب سب حبشی کہیں باہر گئے تھے۔ میں ان کی نظر بچا کر بھاگا۔ ایک بڈھے نے مجھے جاتے دیکھ کر بہت شور مچایا۔ اور دھمکا دھمکا کر بلاتا رہا۔ مگر میں نے اس کی بات پر دھیان نہ دیا اور بے تحاشا بھاگتا رہا۔ گھڑی دو گھڑی کے لئے کچھ کھانے ستانے کو ٹھہر جاتا۔ اور پھر بھاگ کھڑا ہوتا۔ اس طرح میں سات دن تک بھاگتا رہا۔

بادشاہ کے حضور

آٹھویں دن سمندر کے کنارے پہنچا۔ وہاں میں نے دیکھا کہ بہت

سے آدمی کھیتوں میں کالی مرچیں چُن رہے ہیں۔ میں بہت خوش ہوا اور نیک شگون سمجھ کر ان کی طرف گیا۔ وہ بھی میری طرف بڑھے۔ اور عربی زبان میں مجھ سے پوچھنے لگے۔ کہ تو کون ہے۔ اور کہاں سے آتا ہے؟

اپنے ملک کی زبان سُن کر میری خوشی کی کوئی انتہا نہ رہی۔ اُن سے اپنا سارا حال کہا۔ جسے سُن کر وہ بہت حیران ہوئے۔ اور اُن حبشیوں کو بُرا بھلا کہنے لگے۔ میں کئی دن ان شریف لوگوں کے ساتھ مرچیں چننے میں مصروف رہا۔ پھر وہ مجھے جہاز پر بٹھا کر اپنے ہمراہ اس جزیرہ میں لے گئے۔ جہاں سے آئے تھے۔ وہاں پہنچ کر انہوں نے مجھے اپنے بادشاہ کے سامنے پیش کیا۔ بادشاہ بہت خوش مزاج اور رحم دل تھا۔ میری مصیبتوں کا حال سُن کر مجھے دلاسا دیا۔ اور ایک خلعت بخشا۔

یہ جزیرہ بہت بڑا اور اچھی طرح آباد تھا۔ یہاں تجارت کے لائق بہت سی چیزیں پیدا ہوتی تھیں۔ سوداگر اپنا مال بیچنے اور یہاں کی چیزیں خرید نے آتے رہتے تھے۔ انہیں دیکھ کر میں بہت خوش ہوا اور امید کرنے لگا۔ کہ کسی روز اپنے وطن میں پہنچ جاؤں گا۔

بادشاہ نے مجھے عقل مند سمجھ کر اپنا مصاحب بنا لیا۔ اور بہت عزت سے رکھنے لگا۔ میں بھی وہاں کے لوگوں میں ایسا مل جل گیا

کہ وہ سب مجھے اپنے دیس کا آدمی سمجھنے لگے۔

اس ملک کا بادشاہ اور لوگ گھوڑے پر زین اور لگام کے بغیر سوار ہوتے تھے۔ میں نے حیران ہوکر بادشاہ سے پوچھا۔ کہ یہاں کے لوگ زین اور لگام کے بغیر گھوڑے پر کیوں سوار ہوتے ہیں؟

بادشاہ نے جواب دیا۔ کہ زین اور لگام ہم نے کبھی دیکھے ہی نہیں۔

میں نے ایک کاریگر کو بلاکر اُسے کاٹھی کی وضع سمجھائی۔ اور کہا اسی قسم کی ایک نہایت عمدہ کاٹھی تیار کردے۔ وہ چند دن میں تیار کر کے لے آیا۔ میں نے اس پر چمڑا منڈھا۔ اور اوپر بہت قیمتی کمخواب اور اطلس بھی لگایا۔ پھر لوہار سے لگام اور رکابیں بنوائیں۔

جب سب چیزیں تیار ہو چکیں۔ تو میں اس ساز کو گھوڑے پر سجا کر بادشاہ کے حضور میں لے گیا۔ وہ اس پر سوار ہو کر بہت خوش ہوا۔ اور مجھے بہت کچھ انعام اکرام بخشا۔

میری شادی

میں نے ایسی ہی زین لگامیں بنوا کر بادشاہ کے رشتہ داروں اور امیروں وزیروں کی خدمت میں پیش کیں۔ اُن سب نے بھی مجھے بہت کچھ دیا۔ اور میری بڑی عزت کرنے لگے۔

ایک دن بادشاہ نے تنہائی میں مجھ سے کہا۔ سندباد میں

تجھے بہت عقل مند سمجھتا ہوں۔ اور تجھ کو بہت عزیز رکھتا ہوں۔ میرے مصاحب اور امیر وزیر بھی تجھے دانش مند سمجھتے ہیں۔ اور تجھ سے بہت خوش ہیں۔ میں آج تجھ سے ایک بات کہنا چاہتا ہوں۔ انکار نہ کرنا۔ وہ بات یہ ہے۔ کہ میں چاہتا ہوں تیری شادی کر دوں۔ تاکہ تو کبھی یہاں سے جانے کا ارادہ نہ کرے۔ اور ہمیشہ ہمارے پاس رہے۔

میں کچھ کہہ نہ سکا اور خاموش رہا۔ بادشاہ نے اپنے خاندان کی ایک خوب صورت عورت پسند کر کے بڑی دھوم دھام سے میری شادی کر دی۔

ایک عجیب رسم

میری شادی ہو گئی۔ تو میں اپنی بیوی کے ساتھ ایک محل میں وہاں کے دوسرے امیروں کی طرح زندگی بسر کرنے لگا۔ کچھ مدت بڑے آرام سے گزر گئی۔

ایک دن کیا ہوا۔ کہ میرے ایک ہمسائے کی بیوی مر گئی۔ اور میں اس سے ہمدردی کرنے کے لئے اس کے گھر گیا۔ میرا ہمسایہ بہت غمگین تھا۔ میں اُسے تسلی دینے لگا۔ اور کہا۔ کہ بھائی خدا کی مرضی میں کون دم مار سکتا ہے۔ اب صبر کر کے خاموش ہو رہو۔

اس نے جواب دیا: بھائی سند باد تمہارا یہ تسلی دینا فضول ہے۔

میں کیا صبر کروں گا۔ میں تو خود کوئی ہی دم کا مہمان ہوں "۔

میں نے کہا: "یہ کیا کہتے ہو؟"

اس نے کہا "سچ کہتا ہوں۔ میری عمر تمام ہو چکی۔ آج اپنی مرحوم بیوی کے ساتھ دفن کر دیا جاؤں گا۔ بزرگوں سے اس جزیرے میں یہی دستور چلا آتا ہے۔ کہ بیوی مرجائے۔ تو میاں۔ اور میاں مرجائے تو بیوی۔ اس کے ساتھ زندہ دفن کرادی جاتی ہے۔ اب مجھے کوئی بچا نہیں سکتا "۔

اس ستم کا حال سن کر میرے ہوش اڑ گئے۔ اور طرح طرح کے اندیشے پیدا ہونے لگے۔ میں ابھی وہیں بیٹھا تھا۔ کہ اس کے رشتہ دار اور عزیز جمع ہو گئے۔ لاش کو بہت اچھے اچھے زیور اور پوشاکیں پہنائیں۔ بڑی دھوم دھام سے جنازہ لے چلے۔ آگے آگے بہت بڑا جلوس تھا۔ اور پیچھے پیچھے بے چارہ میاں ماتمی لباس پہنے چلا جاتا تھا۔

سب چلتے چلتے ایک پہاڑ کے نیچے پہنچے۔ وہاں ایک بہت بڑا غار تھا۔ جس کے منہ پر ایک بھاری پتھر رکھا ہوا تھا۔ سو دو سو آدمیوں نے مل کر پتھر سرکایا۔ اور جنازہ اس میں اتار دیا۔ پھر میرے ہمسائے کو جنازے پر بٹھا کر ایک گھڑا پانی۔ اور سات روٹیاں دے کر اس غار میں اتار دیا۔ پتھر کو پھر غار کے منہ پر رکھ دیا۔ اور سب واپس چلے آئے۔

شادی بربادی

صاحبو۔ میں اس رسم بد کو دیکھ کر بہت گھبرایا۔ اُسی وقت بادشاہ کی خدمت میں حاضر ہُوا۔ اور عرض کیا۔ کہ خداوندمیں ملکوں ملکوں پھرا ہوں۔ مگر کسی جگہ ایسا ظلم نہ دیکھا۔ نہ سُنا۔

بادشاہ بولا "سندباد یہاں کا دستور یہی ہے۔ ہم اس کو روک نہیں سکتے۔ میں خود اسی رسم کا پابند ہوں۔ اگر خدانخواستہ کل کو ملکہ مرجائے تو اس کے ساتھ میں بھی زندہ دفن کر دیا جاؤں گا"۔

میں نے پریشان ہوکر کہا "کیا پردیسیوں کو بھی اسی رسم پر چلنا پڑتا ہے؟"

بادشاہ نے کہا "بے شک"۔

اب تو میرے ہوش حواس جاتے رہے۔ اندیشوں نے مجھے گھیر لیا میں سخت غمگین اور پریشان رہنے لگا۔ ہر وقت یہی فکر سر پر سوار رہتی تھی۔ کہ خدانخواستہ اگر میری بیوی مرگئی۔ تو مجھے بھی زندہ درگور ہونا پڑے گا۔

بدقسمتی دیکھئے۔ کہ تھوڑے ہی دنوں بعد میری بیوی بیمار پڑگئی بہتیری دوا دارو کی۔ علاج میں اپنے بس کی کوئی کوشش نہ اُٹھا رکھی مگر تقدیر کے آگے کس کی چلتی ہے؟ وہ چند ہی دن میں مرگئی

اس وقت کا غم میں بیان نہیں کر سکتا۔ روتا تھا۔ اور اپنے دل سے کہتا تھا۔ کاش میں یہاں نہ آتا۔ کاش مجھے حبشی ہی کھا جاتے۔ کہ زندہ تو دفن نہ ہوتا؟

اتنے میں بادشاہ اپنے مصاحبوں کے ساتھ آ گیا۔ اور شہر کے سب معزز لوگ جمع ہو گئے۔ میری مردہ بیوی کو بہت قیمتی جواہرات اور زیور پہنائے گئے۔ اور بڑی دھوم دھام سے اس کا جنازہ چلا۔ دستور کے موافق ماتمی لباس پہن کر میں بھی پیچھے پیچھے ہو لیا۔

جب اس پہاڑ کے پاس پہنچے۔ تو میں بادشاہ کے قدموں میں گر پڑا۔ اور بڑی منت سے عرض کی۔ کہ "حضور میرے حال پر رحم فرمایئے وطن میں بھی میرے بیوی بچے ہیں۔ میرے بعد ان کی کون خبر لے گا"؟

لیکن کسی کو میرے حال پر رحم نہ آیا۔ اور مجھے بھی لاش کے ساتھ ایک گھڑا پانی اور سات روٹیاں دے کر غار میں اُتار دیا گیا۔

مُردوں کا غار

نیچے پہنچا۔ تو دیکھا۔ کہ یہ غار بہت گہرا اور پچاس ہاتھ کے قریب چوڑا ہے۔ میرے اندر پہنچتے ہی لوگوں نے دروازے پر پتھر رکھ دیا۔ اور اسی طرح میرا تعلق زندہ دنیا سے کاٹ ڈالا۔

داخل ہوتے ہی مردوں کے سڑنے کی بدبو سے میرا دماغ پھٹنے لگا اور میں بھاگ کر لاش سے بہت دور چلا گیا۔ زمین پر گر کر دیر تک تڑپتا اور اپنے نصیب کو کوستا رہا۔

بھوک لگی۔ تو ناک بند کر کے پھر لاش کے قریب پہنچا۔ اور جنازے پر سے سات روٹیاں اور پانی کا گھڑا اُٹھا لایا۔ اور پیٹ کا دوزخ بھرا۔

ان روٹیوں سے کئی دن کام چلا۔ جب ختم ہو گئیں۔ تو میں بھوک کے مارے مرنے لگا۔ کوئی صورت جینے کی نظر نہ آتی تھی۔ مگر اللہ کو مجھے زندہ رکھنا منظور تھا۔ غار کا دروازہ کھلا۔ اور لوگوں نے ایک مرد مُردے کے ساتھ ایک زندہ عورت غار میں داخل کی۔ اور پھر پتھر دروازے پر رکھ دیا۔

میں نے ایک پُرانے مردے کی ٹانگ کی ہڈی اُٹھائی۔ اور دبے پاؤں جا کر اس زور سے عورت کے سر پر ماری۔ کہ اس کا سر پھٹ گیا۔ اور وہ تڑپ کر مر گئی۔ میں پانی کا گھڑا اور روٹیاں اُٹھا کر دور جا بیٹھا۔ اور کھانے لگا۔

افسوس صرف اپنی جان بچانے کی خاطر میں نے یہ گناہ کیا۔ مگر کیا کرتا۔ اس وقت مجبور ہو گیا تھا۔ چند روز تک ان روٹیوں کو کھاتا رہا۔ جب یہ کھانا ختم ہو گیا۔ تو خدا کی قدرت سے ایک مردہ عورت

کے ساتھ اس کا زندہ شوہر پھر غار میں داخل ہوا۔ میں نے اُسی طرح اُسے بھی مار ڈالا۔ اور اس کا کھانا اور پانی بھی لے لیا۔

میری خوش نصیبی سے اُس جزیرے میں کوئی ایسی وبا پڑی۔ کہ دوسرے تیسرے دن ضرور کوئی نہ کوئی مردہ ایک زندہ انسان کے ساتھ غار میں آتا۔ اور میں اُسے مار کر اس کا کھانا لے لیتا۔ اس طرح اس مردوں کے غار میں رہتے رہتے مجھے اچھی خاصی مدت ہو گئی۔

رہائی

ایک دن میں ایک عورت کو مار کر اس کی روٹیاں اور پانی لے جا رہا تھا۔ کہ کسی جانور کے سانس لینے کی آواز سنی۔ میں اندھیرے میں اُس کی طرف چلا۔ واقعی کوئی جانور سانس لیتا اور دھپ دھپ کرتا بھاگا جا رہا تھا۔ میں اس کی آواز پر پیچھے پیچھے ہو لیا۔ یہاں تک کہ کچھ دور چل کر دیکھتا کیا ہوں۔ ایک مدھم سی روشنی کبھی چمکتی دکھائی دیتی ہے۔ اور کبھی غائب ہو جاتی ہے۔

آخر بڑی تلاش سے مجھے ایک سوراخ نظر آ گیا۔ یہ سوراخ اتنا بڑا تھا۔ کہ میں بے تکلف اس میں سے گذر کر باہر جا سکتا تھا۔

میں بیتاب ہو کر باہر نکلا۔ اس وقت کی خوشی نہ پوچھیئے۔ کیوں کہ میں غار کے اُس پار سمندر کے کنارے کھڑا تھا۔ سر پر دہی نیلا آسمان

تھا۔ نیچے وہی سرسبز زمین تھی۔ جسے دیکھنے کے لئے غار میں ہزاروں دعائیں کر کے مایوس ہو چکا تھا۔

میں نے خیال کیا۔ کہ وہ جانور ضرور اس راستے غار میں داخل ہو کر مردوں کو کھایا کرتا تھا۔ دیکھا تو معلوم ہوا۔ کہ غار کا یہ راستہ اور پہاڑ سمندر کے کنارے پر ہے۔ اور یہ جگہ اتنی اونچی ہے۔ کہ کوئی پہاڑ پر چڑھ کر ادھر نہیں آ سکتا۔ میں نے خدا کا شکر ادا کیا۔ اور پھر اُس غار میں داخل ہوا۔ وہاں جا کر اندھیرے میں ٹٹولنا شروع کیا۔ جس قدر جواہرات اور قیمتی زیور میرے ہاتھ لگے اکٹھے کر کے باہر نکال لایا۔ اور گٹھڑیوں میں باندھ کر رکھ لئے۔ پھر اپنی جمع کی ہوئی روٹیاں اور پانی کے گھڑے بھی لے آیا۔ اور نہایت آرام سے اس جگہ کسی آتے جاتے جہاز کا انتظار کرنے لگا۔

خدا نے اپنا فضل کیا۔ دو تین روز کے بعد ہی ایک جہاز اُدھر سے گذرا۔ میں نے اپنی پگڑی کھول کر ہلانی شروع کی۔ جہاز والوں نے مجھے دیکھ لیا۔ لینے کو ایک کشتی بھیج دی۔ اور میں اپنی قیمتی گٹھڑیوں سمیت آ کر جہاز میں سوار ہو گیا۔

وطن

کپتان نے مجھ سے پوچھا۔ کہ تیری کیا شامت آئی تھی۔ جو تو ایسے

منحوس جزیرے میں داخل ہُوا تھا؟

میں نے اپنا سارا حال اس سے بیان کیا۔ اور پھر قیمتی جواہر اس کے سامنے پیش کر کے کہا "ان میں سے جتنے چاہو لے لو"۔ مگر اس نے نہ لئے۔

یہاں سے روانہ ہو کر ہم کئی دوسرے جزیروں اور ملکوں میں گئے۔ جزیرہ نیل میں بھی پہنچے۔ جو سراندیپ سے دس روز کے راستہ پر ہے۔ وہاں سے جزیرہ کلی آ اترے۔ یہاں سیسے کی بڑی بھاری کان ہے۔ اور کافور اور نیشکر کی پیداوار ہوتی ہے۔ جزیرہ کلی کا حاکم بڑا بااختیار ہے۔ اس کی حکومت جزیرہ نیل تک پھیلی ہوئی ہے۔ لیکن وہاں کے رہنے والے آدمی کا گوشت کھاتے ہیں۔

ہم نے ان جزیروں میں تجارت کی۔ اور پھر کئی بندرگاہوں پر ہوتے ہوئے خیر و عافیت سے بصرے جا پہنچے۔

اس سفر میں اس قدر مال دولت میرے ہاتھ آیا۔ کہ بیان سے باہر ہے۔ میں بغداد میں پہنچ کر خدا کا شکر بجا لایا۔ مسجدیں اور سرائیں بنوائیں۔ مسکینوں کو بہت سی خیرات کی۔ اور اپنے عزیزوں کے ساتھ ہنسی خوشی رہنے لگا۔

آج بھی سندباد نے سو ریال کی تھیلی ہندباد کو دی۔ اور کہا کہ کل آ کر میرے پانچویں سفر کا حال سننا۔ آج کی محفل برخاست ہو گئی۔

دوسرے دن ہندباد اور سب رفیق پھر جمع ہوئے۔ کھانے کے بعد سندباد نے اپنے پانچویں سفر کا حال یوں کہنا شروع کیا:۔

سندباد جہازی کا پانچواں سفر

دوستو۔ میں اس دفعہ بھی آرام اور راحت کے سبب اپنی پچھلی تکلیفیں بھول گیا۔ اور پھر سفر کی تیاری کر دی۔ تجارت کا سامان خرید کر گاڑیوں پر لادا۔ اور بندرگاہ پر پہنچے۔ وہاں میں نے اپنا جہاز بنوایا۔ اور سامان اس میں رکھوالیا۔ ہر قوم کے سوداگر اور کاروباری بھی اس پر سوار ہوئے۔ اور ہمارا جہاز کنارے سے چل کر کھلے سمندر میں جا پہنچا۔

کئی دن کے بعد جہاز ایک بے آباد جزیرے کے کنارے تازہ پانی لینے کے لئے ٹھہرا۔ ہم بھی اتر کر جزیرے کی سیر کرنے لگے۔ ہم نے وہاں ایک رخ کا انڈا دیکھا۔ جو ایک سفید گنبد کی طرح ریت پر دھرا ہوا تھا:۔

میرے ہمراہی سوداگروں نے ارادہ کیا۔ کہ اس انڈے کو کلہاڑیوں سے توڑیں اور بھون کر کھالیں۔ میں نے بہت منع کیا۔ اور سمجھایا۔ کہ یہ بات اچھی نہیں اس انڈے سے بچہ نکلنے والا ہے۔ اس کے کھانے

سے کیا فائدہ۔ مگر وہ نہ مانے۔ اور کلہاڑیاں لے کر اس انڈے کو کاٹنے لگے۔ اور پھر بھون کر چٹ کر گئے۔

اتنے میں دور آسمان پر دو ابر کے ٹکڑے دکھائی دئے۔ جہاز کا کپتان جو کہ میرا اپنا ملازم تھا۔ ان ابر کے ٹکڑوں کو دیکھ کر گھبرایا۔ اور پکار کر بولا "جلد جہاز پر سوار ہو جاؤ۔ جس انڈے کو تم نے کاٹ کر کھایا ہے۔ اُس کے ماں باپ آرہے ہیں"۔

میں اور سب سوداگر اُٹھ کر بھاگے اور جہاز پر سوار ہو گئے۔ اور جہاز کے بادبان کھول دئے گئے۔

رُخ کا جوڑا دور سے اتنا شور و غل کرتا ہُوا آیا۔ کہ ہم سب سہم کر رہ گئے۔ نر مادہ ٹوٹے ہوئے انڈے کے قریب آکر منڈلانے لگے۔ اور اُسے دیکھ غضبناک ہو کر چیختے دہاڑتے پھر اُڑ کر چلے گئے۔ ہم سمجھے خلاصی ہوئی۔ مگر جہاز آدھ میل بھی نہ گیا ہوگا۔ کہ رُخ کے جوڑے نے ہمیں آگھیرا۔ اُن کے پنجوں میں دو اتنی بڑی بڑی چٹانیں تھیں کہ اُنہیں دیکھ کر کپتان کا رنگ فق ہو گیا۔ اور وہ جہاز کی سلامتی کے لئے دُعا مانگنے لگا۔

یہ پرندے ہمارے جہاز کے اوپر ہوا میں چکر کاٹنے لگے۔ اور پھر ایک نے ٹھیک جہاز کے اوپر آکر بھاری چٹان کو پنجوں سے چھوڑ دیا۔ ناخدا ہوشیار تھا۔ اُس نے جہاز کو گھما دیا۔ اور یہ چٹان سمندر میں اس

زور سے گری۔ کہ پانی آسمان تک اُٹھ گیا۔ اور نیچے سمندر کی زمین دکھائی دینے لگی + اب دوسرے رُخ نے اپنی چٹان ایسی تاک کر پھینکی کہ ٹھیک جہاز کے اوپر آئی۔ اور جہاز ٹکڑے ٹکڑے ہو گیا + سب سوداگر اور خلاصی سمندر میں ڈوب گئے۔ میں نے پہلے تو ایک لمبا غوطہ کھایا لیکن پھر سطح پر اُبھرا۔ اور ہاتھ پاؤں مارنے لگا + میرے قریب ہی جہاز کا ایک تختہ بہتا جاتا تھا۔ میں نے اُسے پکڑ لیا۔ اور خدا پر بھروسہ کر کے اس کے سہارے تیرنے لگا +

اسی طرح بہتا بہتا ایک چھوٹے سے جزیرے کے کنارے جا لگا اور بڑی مشکل سے گھسٹتا گھسٹتا خشکی تک پہنچا۔ اور گھاس پر بیٹھ کر سستانے لگا +

جب ہوش درست ہو گئے۔ اور طاقت آئی۔ تو اُٹھ کر جزیرے میں پھرنے لگا + جا بجا طرح طرح کے میوہ دار درخت لگے ہوئے تھے۔ کسی کے میوے پک گئے تھے کسی کے کچے تھے۔ میٹھے اور صاف پانی کے چشمے جاری تھے + جزیرہ کیا تھا بہشت کا نمونہ تھا۔ مگر کسی آبادی کا نام نشان نہ تھا + میں نے لذیذ میوے سیر ہو کر کھائے اور پانی پی کر خدا کا شکر ادا کیا +

رات کو ایک محفوظ جگہ لیٹ گیا۔ مگر ڈر کے مارے نیند نہ آئی بھدیر تک روتا رہا اور اپنی ہوس پر اپنے آپ کو ملامت کرتا رہا +

بڑے میاں گلے کا ہار

جب دن نکل آیا۔ تو میں پھر درختوں کی سیر کرنے اور میوے کھانے لگا۔ یکایک میں نے دیکھا۔ کہ چشمے کے کنارے ایک بہت بڈھا شخص بیٹھا ہے۔ میں نے خیال کیا۔ شاید یہ بیچارہ بھی کسی جہاز کے ٹوٹنے سے یہاں آ گیا ہے۔ اور اپنے مصیبت کے دن گذار رہا ہے۔ ایک سے دو بھلے۔ میں تو خوش ہو کر اس کی طرف بڑھا۔ اور صاحب سلامت کی۔ مگر وہ کچھ نہ بولا۔

میں نے پھر پوچھا "حضرت قبلہ آپ یہاں بیٹھے کیا کر رہے ہیں؟" اب بھی وہ منہ سے کچھ نہ بولا۔ اشارے سے کہنے لگا۔ کہ مجھے کاندھے پر بٹھا کر چشمے کے پار اُتار دو۔

میں نے اُسے بے تکلف کاندھے پر چڑھا لیا۔ اور چشمے کے پار لے گیا۔ لیکن جب دوسرے کنارے جا کر اُتارنے لگا۔ تو بڈھے صاحب رنگ لائے۔ میں نے کہا: "لیجئے حضرت اُتریے" مگر انہوں نے جواب تک نہ دیا۔

جب میں نے دونوں ٹانگیں پکڑ کر اُتارنا چاہا۔ تو بڈھے نے اپنی کمزور لٹکتی ہوئی پنڈلیاں گلوبند کی طرح اس زور سے میری گردن میں لپیٹ دیں۔ کہ میرے ڈھیلے باہر نکل آئے۔ میں اس صدمے سے

بیہوش ہو کر گر پڑا +

بڈھے کے پاؤں خشک چمڑے کی طرح لٹک رہے تھے جب اُس نے اپنے تسموں کو ڈھیلا کیا۔ تو میرا دم میں دم آیا +

میں تو اس بڈھے کو بہت ہی کمزور سمجھ رہا تھا۔ مگر اس نے اپنا ایک پاؤں میرے پیٹ میں گاڑ کر دوسرے سے مجھے ایک ایسی لات ماری۔ کہ میں جھٹ سیدھا کھڑا ہو گیا + کیا کرتا۔ نہ پائے رفتن نہ جائے ماندن کا مضمون تھا۔ آخر حضرت کو کاندھوں پر اُٹھائے ہرے اور میوہ دار درختوں کے نیچے لئے لئے پھرنے لگا +

اب بھی جب کبھی یہ واقع مجھے یاد آتا ہے۔ تو بے اختیار ہنس پڑتا ہوں + کئی دن بڈھے میاں میرے گلے کے ہار رہے۔ اور ایک منٹ کے لئے جدا نہ ہوتے تھے + میں اُن کا گھوڑا تھا۔ جدھر چاہتے لے جاتے۔ کبھی سرپٹ دوڑاتے تھے۔ کبھی دُلکی۔ کبھی پویہ۔ رات کے وقت جہاں چاہتے سونے کا حکم دے دیتے +

دو ہفتے اسی طرح گذر گئے + اتفاقاً ایک دن میرا گذر ایک میدان میں ہُوا۔ وہاں دیکھا۔ کہ ایک طرف خودرَو انگور کی بیلیں پھیلی ہوئی ہیں۔ اور پکے پکے انگوروں کے خوشے لٹک رہے ہیں۔ دوسری طرف بیلوں میں کدو پک کر خشک ہو چکے ہیں + مجھے ایک تجویز سوجھی۔ میں نے دو تین کدو صاف کئے۔ اور انگور لے کر ان کا عرق

ان میں نچوڑا۔ پھر ایک جگہ پتوں میں چھپا کر رکھ دیا۔

پھر کئی دن کے بعد ان بڈھے میاں کو گردن پر لئے اُس طرف گیا۔ اور عرق کو نکال کر چکھا۔ بہت مزے دار ہو گیا تھا۔ میں نے تھوڑا سا پیا۔ اس کے پینے سے مجھ میں طاقت آگئی۔ اور کچھ نشہ سا ہو گیا۔ میں بڈھے کو اُٹھائے اُٹھائے بھاگنے اور گانے لگا۔

بڑے میاں کی موت

جب بڈھے میاں نے دیکھا۔ کہ میں اس عرق کو پی کر خوب دوڑتا اور گاتا ہوں۔ تو ان کو بھی اس کے چکھنے کا شوق چرایا۔ مجھے لئے لئے پھر اسی طرف گئے۔ اور اشارے سے وہ عرق مانگا۔ اب تک وہ عرق سڑ کر خوب تیز شراب بن گیا تھا۔ میں نے بھرا ہوا کدو اُن کے حوالے کر دیا۔ وہ سب کا سب پی گئے۔ تھوڑی دیر کے بعد ان کو خوب نشہ ہو گیا۔ اور وہ میرے کاندھوں پر ڈگمگانے لگے۔ آخر بے ہوش ہو گئے۔

اس حالت میں ان کے پاؤں کے تسمے ڈھیلے پڑ گئے۔ میں نے اُنھیں زمین پر پٹک دیا۔ اور ایک پتھر اُٹھا کر اُن کے سر پر اس زور سے مارا۔ کہ دماغ باہر نکل پڑا۔ میں نے خلاصی حاصل کر کے خدا کا شکر ادا کیا۔ اور وہاں سے بے تحاشا کنارے کی طرف بھاگا۔ خوش قسمتی

سے کنارے پر ایک جہاز ٹھہرا ہوا تھا۔ اور خلاصی میٹھا پانی لینے کے لئے جزیرے میں اُترے ہوئے تھے۔

میں ان سے ملا۔ وہ سخت حیران ہوئے جب میں نے اس بڈھے کا حال بیان کیا۔ تو وہ بہت ہنسے اور کہنے لگے۔ کہ وہ دریائی آدمی تھا۔ اُس نے کئی آدمی گلا گھونٹ کر مار ڈالے ہیں۔ اس جزیرے میں پہنچ کر کوئی زندہ نہیں لوٹتا۔ تم بڑے خوش نصیب ہو۔ کہ اُس کے ہاتھ سے بچ گئے۔

ناریل کے جنگل

میں اس جہاز پر سوار ہو کر یہاں سے روانہ ہوا۔ کپتان میرے ساتھ بڑے اخلاق سے پیش آتا تھا۔ جہاز میں کئی سوداگر سوار تھے۔ ان میں سے ایک کے ساتھ میری گہری دوستی ہوگئی۔ وہ مجھے ساتھ لے کر ایک جزیرے میں اُترا۔ کچھ آدمی ناریل لانے کے لئے جا رہے تھے۔ اس نے مجھے بھی ایک ٹوکرا دے کر کہا۔ "ان کے ہمراہ جاؤ۔ اور جو کام یہ کریں تم بھی کرو۔ مگر دیکھنا ان سے الگ نہ ہونا۔ ورنہ کسی مصیبت میں پھنس جاؤ گے"!

میں اُن آدمیوں کے ساتھ ناریل کے جنگل کی طرف روانہ ہوا۔ جنگل میں ناریل کے اتنے بلند اور چکنے تنے والے درخت تھے کہ ان پر

چڑھنا محال تھا۔ ہم چاہتے تھے کہ کسی طرح بہت سے ناریل توڑ کر اپنے ٹوکرے بھر لیں۔ اتنے میں بندروں کا ایک بڑا بھاری گروہ اِدھر آیا۔ اور ہمیں کھڑا دیکھ کر ناریل کے پیڑوں پر چڑھ گیا۔

میرے ہمراہیوں نے بہت سے پتھر جمع کر لئے۔ اور زور زور سے بندروں کو مارنے لگے۔ ان کی طرح میں نے بھی پتھر مارنے شروع کر دئے۔

بندر بہت غضب ناک ہوئے۔ ان کے پاس ہمیں مارنے کے لئے پتھر تو تھے نہیں۔ ناریل ہی توڑ توڑ کر پھینکنے لگے۔ تھوڑی دیر میں زمین پر ناریلوں کا فرش بچھ گیا۔ ہم نے ٹھونس ٹھونس کر ٹوکرے بھرے۔ اور اُٹھا کر اپنے ڈیرے پر لے آئے۔

میں ناریل لے کر اُس سوداگر کے پاس پہنچا۔ اُس نے اُن کی قیمت مجھے دے دی۔ اور کہا "اسی طرح ہر روز جایا کرو اور ناریل لے آیا کرو۔ اس طرح تمہارے پاس وطن پہنچنے کے لئے بہت کافی روپیہ ہو جائے گا"۔

میں نے اس کی مہربانی کا شکریہ ادا کیا۔ اور کئی دن تک اسی طرح ناریل لاتا رہا۔ جس سے میرے پاس کچھ رقم جمع ہو گئی۔

سمندر کے موتی

یہاں سے میں دوسرے جہاز پر سوار ہوا۔ اور بہت سے ناریل بھی لادلئے۔ اور کچھ دنوں بعد اُس جزیرے میں پہنچا جہاں کالی مرچ پیدا ہوتی ہے۔ وہاں سے جزیرہ قمری میں پہنچا۔ اس جزیرے میں صندل اور آبنوس کی لکڑی بہت ملتی ہے یہاں کے لوگ شراب کو حرام سمجھتے ہیں۔ ہر برے کام سے پرہیز کرتے ہیں۔ ان دونوں جزیروں میں میں نے اپنے ناریل سیاہ مرچ اور صندل کی لکڑی سے بدل لئے۔

ایک دن میں دوسرے سوداگروں کے ساتھ مل کر سمندر کے کنارے گیا۔ یہاں غوطہ خور روپیہ لے کر غوطہ لگاتے تھے۔ اور تہ میں سے بڑے منہ بند سیپ نکال لاتے تھے۔

میں نے بھی قسمت آزمائی کی۔ اور سیپ نکلوائے خوش قسمتی سے میرے سیپوں میں سے بہت قیمتی اور آب دار موتی نکلے میرا چہرہ خوشی سے سُرخ ہو گیا۔

یہاں سے سوار ہو کر میں بصرے اور بصرے سے بغداد پہنچا اور موتیوں کو بیچ کر لاکھوں روپیہ پیدا کر لیا۔ اور اپنے بال بچوں میں رہنے لگا۔

یہ حال سُنا کر سند باد نے ہند باد کو روز کی طرح آج بھی سو ریال کی تھیلی دی ۔

دوسرے دن پھر محفل گرم ہوئی۔ اور کھانے سے فراغت حاصل کر کے سند باد نے اپنے چھٹے سفر کا حال کہنا شروع کیا ۔

سند باد جہازی کا چھٹا سفر

عزیزو۔ مجھے بغداد میں رہتے ایک برس گزر گیا۔ پھر سیر اور سفر کی ہوا سمائی۔ دوستوں اور عزیزوں نے بہت منع کیا۔ مگر میں نہ مانا۔ اور بندر گاہ پر پہنچ کر ایک عمدہ اور نئے جہاز پر سوار ہو گیا۔ کپتان کا ارادہ بہت دور دراز سفر کرنے کا تھا ۔

جہاز دو ماہ کے قریب جا بجا ٹھہرتا۔ اور مزے مزے سمندر کے پانی پر تیرتا رہا۔ لیکن ایک دن ناخدا نے راہ گم کر دی۔ اور یکا یک اپنی کتاب پھینک کر رونے لگا۔ کبھی اپنی داڑھی نوچتا کبھی سر پیٹتا۔ ہم بہت ڈر گئے۔ اور سبب دریافت کرنے لگے ۔

پانی کی رَو

ناخدا نے کہا یارو کیا پوچھتے ہو۔ پانی کی رَو جہاز کو کھینچے لئے جاتی

ہے۔ ایک گھڑی کے بعد ہم سب ہلاک ہو جائیں گے۔ پھر اس نے حکم دیا۔ کہ جہاز کی سب پالیں اُتاری جائیں۔ لیکن اس حکم کی تعمیل بھی نہ ہوئی تھی۔ کہ رَو نے زور کیا۔ اور جہاز کو لے جاکر ایک سیاہ چٹان سے ٹکرا دیا۔ ہم سنبھلنے بھی نہ پائے تھے۔ کہ اس صدمہ سے جہاز ٹکڑے ٹکڑے ہو گیا۔

میں اور چند آدمی بڑی مشکل سے تیر کر چٹان پر جا پہنچے۔ اس چٹان کے نیچے بہت سے جہازوں کے تختے اور تجارت کا سامان پڑا تھا۔ اور اوپر جابجا آدمیوں کی ہڈیاں بکھری ہوئی تھیں۔ صاف ظاہر تھا۔ کہ پہلے بھی کئی جہاز اس جگہ ٹکرا کر تباہ ہو چکے ہیں۔

وجہ یہ تھی سمندر کی کئی رَوئیں مل کر اس طرف بہتی تھیں۔ اور پہاڑ سے ٹکرا کر ایسا زوردار بھنور پیدا کرتی تھیں۔ جو دور دور سے جہازوں کو کھینچ کر لے آتا تھا۔ جہاز ایک دفعہ اس بھنور میں پڑ کر پھر کسی طرح باہر نہ نکل سکتے تھے۔ اور ٹکرا کر پاش پاش ہو جاتے تھے۔

جہاں ہم کھڑے تھے۔ اس چٹان سے کچھ دور پہاڑ میں ایک تنگ اور اندھا غار تھا۔ سمندر کی یہ طوفانی رَو اس غار میں داخل ہو جاتی تھی۔ اور کچھ معلوم نہ ہوتا تھا۔ کہ آگے یہ پانی کدھر جاتا ہے۔

ہمارا جہاز ٹوٹ چکا تھا۔ اور اس کے تختے اِدھر اُدھر پریشان پھر رہے تھے۔ ایک صندوق بھی بہتا بہتا اس چٹان کے کنارے آ لگا۔

ہم نے اُسے جلدی سے پکڑ لیا۔ دیکھا تو اس میں کچھ سوکھی ہوئی روٹیاں تھیں۔ ہم نے ان روٹیوں کو برابر برابر بانٹ لیا۔ اور اس لمبی چوڑی چٹان پر رہنے لگے۔ پانی کا دھارا اس قدر طاقت ور تھا۔ کہ وہاں سے نکلنا بہت مشکل تھا۔ اوپر پہاڑ کی بلندی ایسی تھی۔ کہ وہاں انسان تو کیا۔ کوئی پرندہ بھی پر نہ مار سکتا تھا۔

ہم دو مہینے اس چٹان پر رہے۔ اور وہ روٹیاں جو صندوق میں سے ملی تھیں کھاتے رہے۔ جب کوئی شخص مرجاتا۔ تو اس کا کھانا باقی لوگ بانٹ لیتے۔ میت کو دفن کرنے کا کام میں نے اپنے ذمے لے لیا۔ اس کے بدلے میں دوسروں کے سامنے جو کھانا بچ رہتا تھا۔ وہ میرے حصے میں آجاتا تھا۔ اس طرح میرے پاس بہت سی روٹیاں جمع ہوگئیں۔

تھوڑے ہی دنوں میں مصیبتوں کی وجہ سے ایک ایک کرکے میرے سب ساتھی مرگئے۔ اور میں نے سب کو دفن کیا۔ میں سخت جان ابھی تک زندہ تھا۔ تنہائی کی وجہ سے ہر وقت گھبرایا رہتا۔ اپنے آپ کو ہزاروں ملامتیں کرتا۔ کہ بے وقوف تو نے پانچ سفروں میں کچھ کم مصیبتیں اُٹھائی تھیں۔ کہ پھر سفر اختیار کیا۔ اب یہاں سے رہائی دشوار ہے۔ اب تجھے قبر بھی نصیب نہ ہوگی۔ وہ دولت جو تو نے ہزاروں مصیبتیں اُٹھا کر پیدا کی ہے۔ اب تیرے کسی کام نہ آئے گی۔

اندھا غار

اس چٹان کے اردگرد تھوڑی پتھریلی زمین تھی۔ اس پر عود کے درخت تھے۔ پہاڑ میں لعل اور بلور کی کان تھی۔ لعل کنکروں کی طرح بکھرے پڑے تھے۔ پہاڑ کے پتھروں میں سے ایک قسم کی رال ٹپکتی تھی اور سمندر میں گرتی تھی۔ مچھلیاں اس رال کو نگل لیتی تھیں پھر تھوڑی دیر بعد قے کر ڈالتی تھیں۔ اور یہ رال کنارے آ لگتی تھی۔ اصل عنبر یہی چیز ہے۔ مگر یہ سب چیزیں میرے لئے بے کار تھیں۔

جب میرے ساتھی مر گئے۔ اور مجھے تنہا رہتے کئی دن گذر گئے۔ تو آخر میری خوراک ختم ہو گئی۔ اب تو میں زندگی سے بالکل مایوس ہو گیا ایک دن میں نے سوچا۔ کہ اول مرنا آخر مرنا۔ پھر مرنے سے کیا ڈرنا۔ خیال کیا۔ کہ سمندر کا پانی اس زور شور سے اس غار کے اندر جا رہا ہے۔ یہ ضروری بات ہے کہ اتنا پانی آخر کہیں باہر بھی نکلتا ہی ہو گا۔ اس لئے مجھے اسی راستے سے نکل چلنے کی کوشش کرنی چاہئے۔

یہ سوچ کر میں نے ٹوٹے جہازوں کے تختے اور رسیاں اٹھا کر ایک چھوٹی سی ڈونگی بنائی بے شمار عنبر اور لعل اکٹھے کئے۔ ان سب کو گٹھڑیوں میں باندھا اور ڈونگی میں رکھ دیا۔ پھر میں بھی سوار ہو گیا۔

ڈونگی کو پانی کے دھارے پر خدا کی ناخدائی میں چھوڑ دیا۔
ڈونگی تیر کی طرح غار میں داخل ہوئی۔ میں ایک چپّو سے اس کے رُخ کو سنبھالے بیٹھا رہا۔ کھینے کی ضرورت ہی نہ تھی۔ کیوں کہ پانی کی رَو اُسے خود بخود اُڑائے لئے جا رہی تھی۔
اس غار میں بلا کا اندھیرا تھا۔ ہاتھ کو ہاتھ نہ سجھائی دیتا۔ کبھی لہروں پر کشتی اُٹھ جاتی۔ کبھی نیچے ہو جاتی۔ میں ایک دن اور ایک رات اس غار میں کشتی کو مشکل سے سنبھالے بیٹھا رہا۔ آخر میری نیند نے زور کیا۔ اور میری آنکھ لگ گئی۔

کالے لوگ

جب آنکھ کھلی۔ تو دیکھا۔ کہ میری ڈونگی کنارے پر بندھی ہوئی ہے اور گرد بہت سے کالے کالے آدمیوں کا ہجوم ہے۔ میں ہوشیار ہو کر اُٹھا۔ اور ان لوگوں سے صاحب سلامت کی۔ انہوں نے کچھ جواب تو دیا۔ مگر ان کی زبان میری سمجھ میں نہ آئی۔ پھر اُنہوں نے آوازیں دے کر ایک اَور شخص کو بلایا۔ وہ عربی سمجھتا تھا۔ اُس نے آ کر مجھے تسلی دے کر کہا۔ تم ہمیں دیکھ کر تعجب نہ کرو۔ ہم اس بستی کے رہنے والے ہیں آج ہم اپنے کھیتوں کو سینچنے کے لئے آئے تھے۔ آ کر دیکھا۔ تو پانی کسی چیز سے رک گیا تھا۔ معلوم ہوا۔ تمہاری کشتی اس کے منہ پر

اڑی ہوئی ہے۔ ہمارے ایک آدمی نے وہاں سے نکال کر کشتی کو اس جگہ باندھ دیا۔ اور تمہارے جاگنے کا انتظار کرنے لگے۔ اب تم اپنا حال سناؤ کہاں سے آرہے ہو؟

میں نے کہا: میں بھوکا ہوں۔ کچھ کھاؤں تو حال کہوں"۔

اُنہوں نے مجھے کھانا دیا۔ میں نے سیر ہو کر کھایا۔ پھر اوّل سے آخر تک اپنا حال سنایا۔ عربی سمجھنے والا اپنی زبان میں ترجمہ کر کے ساتھیوں کو بتاتا جاتا تھا۔

جب میں اپنا حال کہہ چکا۔ تو اُس نے کہا تمہارا حال بہت عجیب ہے۔ اب ہم تم کو اپنے بادشاہ کے حضور میں لے چلتے ہیں۔ تم یہ ساری حقیقت اُسے سُنانا"۔

اُنہوں نے مجھے ایک گھوڑے پر سوار کر لیا۔ ڈونگی اور میرا سامان بھی اُٹھا لیا۔ اور اپنے ساتھ سراندیپ میں لے گئے۔

سراندیپ کا بادشاہ

میں بادشاہ کے دربار میں حاضر ہو کر آداب بجا لایا۔ اور تخت کو بوسہ دیا۔ بادشاہ نے بڑی مہربانی سے اپنے پاس بٹھا کر میرا نام پوچھا۔ اور حال سنا۔ جب میں نے اپنے جہاز کے ٹوٹنے اور آندھی غار سے نکلنے کا ذکر سُنایا۔ تو وہ بہت حیران ہُوا۔ اور فرمایا۔ کہ اس حال کو سونے کے

پانی سے لکھ کر تاریخ کی کتابوں میں داخل کیا جائے۔

پھر میری گٹھڑیاں بادشاہ کے حضور میں لائی گئیں۔ بادشاہ نے صندل کی لکڑی۔ عنبر اور لعل زمرد وغیرہ کو دیکھ کر بہت حیرانی ظاہر کی۔ اور کہا۔ کہ ایسے جواہرات تو میرے خزانے میں بھی نہیں ہیں۔

میں نے عرض کی۔ کہ خداوند میں اور میرا مال سب حضور کی نذر ہے۔

بادشاہ مسکرا کر بولا "یہ سب کچھ خدا نے تم کو دیا ہے۔ مجھے لینا مناسب نہیں"۔

پھر اس نے اپنے خزانے سے جواہرات منگوا کر مجھے بخشے۔ اور اپنے وزیر سے کہا۔ کہ اس سوداگر کو اپنے گھر لے جاؤ۔ اور نہایت خاطرداری سے رکھو۔ جس قدر خرچ درکار ہو۔ ہمارے خزانے سے ملے گا۔

وزیر مجھے اپنے ساتھ لے گیا۔ اور ایک اچھے مکان میں اُتارا۔ میں روز صبح کو بادشاہ کے دربار میں حاضر ہوتا۔ اور پھر فرصت کے وقت سراندیپ کے عجائبات دیکھا کرتا۔

یہ جزیرہ خطِ اُستوا پر واقع ہے۔ اس لئے وہاں دن اور رات ہمیشہ برابر رہتے ہیں۔ اس کی لمبائی اسّی میل اور چوڑائی بھی اسی قدر ہے دارالخلافہ کے چاروں طرف بڑے بڑے پہاڑ ہیں۔ اور وہاں سے سمندر

تین دن کے راستے پر ہے۔

اس جزیرے میں لعل ہیرے اور دوسرے جواہرات کی کانیں ہیں۔ یہاں کو رنڈ پتھر بھی بہت نظر آیا۔ جس سے ہیرے اور سخت جواہرات تراشے جاتے ہیں۔ ناریل کے درخت بہت ہیں۔ اور قریب سمندر میں موتیوں کی بہتات ہے۔ اس جزیرے میں وہ پہاڑ بھی ہے جس پر حضرت آدم علیہ السلام جنت سے نکالے جانے کے بعد رہے تھے۔ میں وہاں گیا۔ اور اس کی زیارت بھی کی۔

بادشاہ کا خط خلیفہ بغداد کے نام

پھر میں نے بادشاہ سے وطن جانے کی اجازت مانگی۔ اس نے مجھے خلعت اور بہت سا قیمتی سامان بخشا۔ بہت سی اعلٰے سوغاتیں دیں اور ایک خط خلیفہ ہارون الرشید کے نام دیا۔ اور کہا۔ "اسے اپنے بادشاہ کی خدمت میں لے جانا"۔

یہ خط کسی جانور کی کھال پر لکھا ہوا تھا۔ اس قسم کی کھال بہت کمیاب ہوتی ہے۔ اس کا رنگ زرد تھا۔ اور لاجوردی حرفوں میں اس پر یہ مضمون لکھا ہوا تھا۔

"یہ ہند کے بادشاہ کا خط ہے۔ جس کی سواری کے آگے ایک ہزار ہاتھیوں کا ہجوم ہوتا ہے۔ جس کے رہنے کا محل ایسا شان دار ہے۔

کہ اس کی چھت میں لاکھ لعل جڑے ہوئے ہیں + اور جس کے خزانے میں بیس ہزار تاج ہیں۔ جن میں لاکھوں ہیرے چمکتے ہیں +

اے بھائی خلیفہ ہارون الرشید ہم چند تحفے تمہیں اس طرح بھیجتے ہیں جیسے ایک بھائی دوسرے بھائی کو۔ یا دوست دوست کو اپنی محبت ظاہر کرنے کے لئے بھیجتا ہے + امید ہے۔ کہ تم ہمارا اسلام قبول کرو گے۔ اور ہم کو اپنا دوست سمجھو گے۔ اور ہم سے ہمیشہ خوش رہو گے + اور اپنی خیر و عافیت کا حال لکھو گے + فقط"

تحفے بے شمار تھے۔ جن میں سے خاص طور پر ایک پیالہ تھا۔ جو سالم لعل سے تراش کر بنایا گیا تھا۔ اور اس کے گرد بیش بہا موتیوں کی جھالر لگی ہوئی تھی + اس جھالر کے ہر موتی کا وزن آدھے درہم کے برابر تھا +

دوسرا تحفہ خاص قسم کے ایک سانپ کی کھال تھی۔ اس کی تاثیر یہ تھی۔ جو کوئی اس پر سوئے۔ کبھی ساری عمر بیمار نہ ہو +

تیسرا تحفہ عود کی نفیس لکڑی تھی۔ جس کا وزن پچاس درہم کے قریب تھا +

چوتھا تحفہ کافور کے تیس دانے تھے۔ جو پستے کے برابر تھے +

پانچواں تحفہ ایک خوب صورت اور حسین کنیز تھی۔ جس کی پوشاک جواہرات سے جگ مگ جگ مگ کر رہی تھی +

سراندیپ کے بادشاہ نے یہ خط تحفے دے کر مجھے رخصت کر دیا۔ اور جہاز والوں کو تاکید کی۔ کہ اسے نہایت آرام اور آسائش سے بصرے پہنچا دیں۔

خلیفہ کے روبرو

الغرض میں سوار ہُوا۔ خوش قسمتی سے راستے میں اَور کوئی مصیبت پیش نہ آئی۔ میں بغداد پہنچ کر سیدھا خلیفۃ المسلمین کے درِ دولت پر حاضر ہُوا۔ اور اپنے آنے کی اطلاع کی۔ خلیفہ نے مجھے یاد فرمایا۔ امیر وزیر مجھے ان کے روبرو لے گئے۔ میں نے آداب بجا لا کر بادشاہ سراندیپ کا خط اور تمام تحفے پیش کر دئیے۔

جب خط پڑھا گیا۔ اور تحفے دیکھے گئے۔ تو خلیفہ نے مجھ سے پوچھا۔ "کیا سچ مچ وہ اتنا بڑا بادشاہ ہے۔ جیسا خط میں لکھا ہے"؟

میں نے عرض کیا "امیر المومنین بے شک میں اس کی شان اپنی آنکھوں سے دیکھ کر آیا ہوں۔ اس کے رہنے کا محل عجیب غریب ہے جب وہ سوار ہوتا ہے۔ تو اس کے آگے سب امیر وزیر ہاتھیوں پر دو صفیں باندھ کر چلتے ہیں۔ تخت کے آگے ایک افسر سونے کے برچھے سنبھالے رہتا ہے۔ اور دوسرا افسر ایک سونے کا ستون اٹھائے تخت کے پیچھے رہتا ہے۔ اس ستون پر آٹھ گرہ لمبا اور پون گرہ چوڑا

زمرد جڑا ہوا ہے۔ ایک ہزار بانکے جوان سنہری جھولوں والے روپہلی اور ریشمی ہاتھیوں پر سوار بادشاہ کے جلوس میں چلتے ہیں۔ ہاتھیوں کے سامان اور ہودج وغیرہ ایسے قیمتی ہیں کہ بیان نہیں ہو سکتے۔ جب بادشاہ ہاتھی پر سوار ہوتا ہے۔ تو ایک سردار ہاتھی پر سوار ہو کر صدا دیتا ہے۔ کہ یہ ہندوستان کا سب سے بڑا بادشاہ ہے۔ اس کے محل میں ایک لاکھ لعل جڑے ہیں۔ اس کے خزانے میں بیس ہزار ہیروں کے تاج ہیں۔ دوسرے تمام راجے مہاراجے رتبے میں اس سے کم ہیں۔ جب اگلا سردار یہ صدا لگا چکتا ہے۔ تو دوسرا سردار تخت کے پیچھے سے یوں پکارتا ہے۔

"یہ بادشاہ اس شان اور قدرت کے ہوتے ہوئے کسی دن مر جائے گا۔" پھر اگلا سردار کہتا ہے "سلام اُس بادشاہ کو کرنا چاہئے۔ جو ہمیشہ سے زندہ ہے۔ اور ہمیشہ زندہ رہے گا۔ اور کبھی نہ مرے گا۔ جو ایسا منصف ہے۔ کہ اس کے ملک میں مُفتی قاضی نہیں۔ جو اپنی رعایا کو یکساں سمجھتا ہے جس کے ملک میں کوئی کسی پر ظلم زیادتی نہیں کر سکتا۔"

خلیفہ ہارون رشید نے اس حال کو سُن کر کہا۔ "تیرے کہنے اور اس خط کے مضمون سے معلوم ہُوا۔ کہ وہ بادشاہ بہت عقل مند اور منصف مزاج ہے۔ ہم اُس سے بہت خوش ہوئے۔ اور اس کے تحفے

قبول کرتے ہیں"۔

پھر خلیفہ نے مجھے خلعت اور انعام دیا۔ میں رخصت ہو کر اپنے گھر پہنچا۔ اس سفر میں مجھے اتنا فائدہ ہوا۔ کہ کسی سفر میں نہ ہوا تھا۔ اتنا حال سنا کر سند باد نے آج بھی سو ریال کی تھیلی ہند باد کو دی اور کہا۔ "کل پھر آنا۔ میں اپنے آخری سفر کا حال بھی سناؤں گا"۔

دوسرے دن سب رفیق جمع ہوئے۔ ہند باد بھی مقررہ وقت پر آ گیا۔ سب نے کھانا کھایا۔ پھر سند باد اپنے ساتویں سفر کا حال بیان کرنے لگا۔

سند باد جہازی کا ساتواں سفر

میرے عزیزو! چھٹے سفر کے بعد میں نے قسم کھائی تھی۔ کہ اب کہیں باہر نہ جاؤں گا۔ اور آرام سے اپنے گھر ہی پر رہوں گا۔ مگر ایک دن خلیفہ نے مجھے طلب کیا۔ اور فرمایا۔ کہ سند باد! تو میری طرف سے تحفے اور خط لے کر سراندیپ کے بادشاہ کے پاس جا۔ میں چاہتا ہوں۔ کہ اس با اخلاق شریف بادشاہ کے دوستانہ خط کا جواب لکھوں اور اس کی سوغاتوں کے بدلے خود بھی سوغاتیں بھیجوں۔

میں نے عرض کی۔ جہاں پناہ میں نے تو سفر کرنے کی قسم کھائی

ہے۔ پھر میں نے اپنے چھ سفروں کا حال اور جو مصیبتیں پیش آئیں سب کہہ سنائیں۔ خلیفہ سُن کر بہت حیران ہُوا۔ اور کہنے لگا۔ کہ واقعی یہ سارا حال بہت عجیب ہے۔ لیکن ایک بار میری خاطر جزیرۂ سراندیپ تک جانا ضروری ہے۔ کیونکہ تیرے سوا اور کوئی اس کام کو اچھی طرح نہیں کرسکتا۔ اس سفر کے بعد پھر کوئی سفر نہ کرنا۔

میں اس عظیم الشان حاکم کے حکم سے مجبور ہو گیا۔ اور ہامی بھرلی خلیفہ نے کافی سے زیادہ سفر خرچ دیا۔ اور سراندیپ کے بادشاہ کے لئے تحفے اور خط دے کر مجھے سلطنت کے بہت مضبوط جہاز پر سوار کر دیا۔

پھر سراندیپ کو

میرا سفر خیر و خوبی سے ختم ہُوا۔ اور میں جزیرہ سراندیپ میں پہنچ کر بادشاہ کی خدمت میں حاضر ہو گیا۔

بادشاہ نے مجھے دیکھتے ہی پہچان لیا۔ اور بہت خوش ہو کر کہا "سندباد خوش آمدی۔ خیر و عافیت سے تو ہے"؟

میں آداب بجا لایا۔ اور بادشاہ کی تعریف کر کے عرض کی۔ کہ خدا کے فضل اور حضور کے اقبال سے ہر طرح خیریت سے ہوں۔

پھر وہ تمام تحفے اور خلیفہ کا خط پیش کیا۔ وہ ان چیزوں کو دیکھ بہت

خوش ہُوا۔

خلیفہ کے بے شمار تحفوں میں سے ایک طلائی فرش تھا۔ جس کی تیاری پر ہزار ہا ریال بے دریغ خرچ کئے گئے تھے۔ دوسرے سکندریہ اور قاہرہ کی بنی ہوئی پچاس قبائیں تھیں۔ جن کا کپڑا ایسا بیش قیمت تھا۔ کہ اس زمانے میں سوائے خلیفہ اسلام کے اَور کسی کو نصیب نہیں ہوتا تھا" تیسرا تحفہ عقیق کا ایک پیالہ جو ایک انگشت موٹا تھا۔ اس کے کنارے پر ایک آدمی کی تصویر اس انداز سے کھدی ہوئی تھی۔ کہ وہ اپنے زانو زمین پر رکھے تیر کمان سے شیر کا شکار کر رہا ہے۔ چوتھا تحفہ حضرت سلیمان کا تخت تھا۔ جسے خلیفہ نے لاکھوں اشرفیوں میں حاصل کیا تھا۔

خلیفہ کے خط کا مضمون یہ تھا:۔

"عبداللہ ہارون الرشید جو خدائے تعالےٰ کے فضل سے مسلمانوں کا امیر اور اپنے بزرگوں کا جانشین ہے۔ اس کی طرف سے تمہیں سلام پہنچے۔ اے نیک اور منصف مزاج بادشاہ ہم نے تمہارا خط پایا۔ اور تحفوں کو بڑی خوشی سے قبول کیا۔ اب ہم اس کے جواب میں اپنی دوستی اور محبت کا اظہار کرتے ہیں۔ اور چند تحفے بھیجتے ہیں۔ یقین ہے یہ خط تم کو ملے گا اور تم ہماری دوستی پر یقین رکھو گے"۔

سراندیپ کا بادشاہ اس خط کو پڑھ کر بہت خوش ہُوا۔ میں نے کچھ آرام کر کے رخصت مانگی۔ بادشاہ اپنی مہربانی کی وجہ سے جلد رخصت

نہ کرنا چاہتا تھا۔ لیکن میں نے جلدی واپس پہنچنے کی ضرورت بتائی۔ تو اُس نے بہت سا انعام اکرام اور خلعت دے کر مجھے رخصت کر دیا۔

پھر مصیبت

میں نے جہاز پر سوار ہو کر سیدھا بغداد کا رستہ لیا۔ مگر بد قسمتی سے اب کی مرتبہ بھی ایک مصیبت پیش آگئی۔ ابھی جہاز کو روانہ ہوئے تین ہی چار روز گذرے تھے۔ کہ ہمیں سمندری ڈاکوؤں نے گھیر لیا۔ ہم اُن سے مقابلہ نہ کر سکے۔ اُنہوں نے ہمارا جہاز لوٹ لیا۔ اور ہمیں گرفتار کر کے ایک جزیرے میں لے گئے۔ ہماری پوشاکیں اُتار لیں۔ غلاموں کا سا لباس پہنا دیا۔ اور پھر سب کو بیچ ڈالا۔

مجھے ایک بہت بڑے تاجر نے خریدا۔ اور غلام بنا لیا۔ ایک دن اُس نے مجھ سے پوچھا۔ کہ تجھے کوئی کام بھی آتا ہے؟

میں نے کہا "تجارت پیشہ آدمی ہوں۔ سوداگری جانتا ہوں"۔

اُس نے کہا "تجھے تیر چلانا بھی آتا ہے یا نہیں"؟

میں نے جواب دیا "لڑکپن میں تیر اندازی سیکھی تو تھی"۔

تاجر نے تیر کمان دے کر مجھے اپنے ساتھ ہاتھی پر بٹھا لیا۔ اور شہر سے باہر ایک بڑے جنگل میں لے جا کر اُتار دیا۔ پھر ایک بڑا اونچا درخت دکھا کر کہا "اُس درخت پر چڑھ کر بیٹھ جا۔ جو ہاتھی ادھر

سے گذرے اُس پر تیر چلانا۔ اگر کوئی ہاتھی تیرے ہاتھ سے مارا جائے۔ تو شہر میں آکر مجھے خبر کرنا"۔

پھر اس نے مجھے کئی دن کا کھانا دیا۔ اور آپ اپنے ہاتھی پر سوار ہو کر واپس چلا گیا۔

ہاتھیوں کا شکار

میں اس درخت پر چڑھ کر بیٹھ رہا۔ رات کو کوئی ہاتھی نظر نہ پڑا۔ مگر دوسرے دن سورج نکلتے ہی ایک گلّہ اس طرف نکلا۔ میں نے ان پر ہوشیاری سے کئی تیر چلائے۔ ایک ہاتھی زخمی ہو کر گرا۔ باقی بھاگ گئے۔

میں شہر میں گیا۔ اور سوداگر کو یہ خبر سنائی۔ وہ سُن کر بہت خوش ہوا۔ اور میری بڑی تعریف کی۔ دوسرے دن میں اور وہ جنگل میں گئے۔ میں نے زمین کھودی۔ اور اس ہاتھی کو گاڑ دیا۔

تاجر نے مجھے تاکید کی۔ کہ جب یہ ہاتھی سڑ جائے۔ تو اس کی ہڈیاں اور دانت نکال لانا۔ وہ بہت نفع کی چیز ہے۔

ہاتھیوں کا حملہ

دو مہینے تک میں یہی کام کرتا رہا۔ دوسرے تیسرے دن ایک

ہاتھی مار لیتا۔ کبھی درخت پر چڑھتا۔ کبھی اُترتا + ایک دن کیا ہُوا۔ کہ میں صبح صبح درخت پر چڑھا ہُوا ہاتھیوں کے آنے کا انتظار کر رہا تھا۔ یکایک ہاتھیوں کی بہت بڑی فوج آئی + اُس نے آکر اس درخت کو گھیر لیا۔ جس پر میں تیر کمان لئے بیٹھا تھا + سب کے سب بڑی مہیب آواز سے چنگھاڑ رہے تھے۔ اور درخت میں سونڈیں لپیٹ کر اسے کھینچتے تھے ❖

میں ایسا ڈرا۔ کہ چھکے چھوٹ گئے۔ کپکپی لگ گئی۔ تیر کمان چھوٹ کر زمین پر جا گرے ❖

ہاتھیوں کی زور آزمائی سے درخت دوہرا ہُوا جاتا تھا + میں بے اختیار ہو کر شاخوں سے لپٹ گیا + اتنے میں ایک بہت بڑا ہاتھی آیا۔ دوسرے سب ہاتھی الگ ہٹ گئے + بڑے ہاتھی نے آتے ہی درخت کے تنے کو سونڈ میں لپیٹ کر ایک ایسا جھٹکا دیا۔ کہ درخت جڑ سے اُکھڑ گیا +

ہاتھیوں کی عقلمندی

میں شاخوں اور پتوں میں لپٹا ہُوا زمین پر گرا بڑے ہاتھی نے سونڈ بڑھائی۔ اور مجھے اُٹھا کر اپنی گردن پر بٹھا لیا + خوف کے مارے میری حالت مُردوں سے بدتر تھی +

پھر بڑا ہاتھی سب سے آگے آگے چلا۔ اور باقی فوج قطاریں باندھ کر اس کے پیچھے پیچھے ہولی ۔

چلتے چلتے ایک بڑے گڑھے کے کنارے پہنچے۔ اُس نے وہاں مجھے اُتار دیا۔ پھر بڑا ہاتھی اور اس کے سب ساتھی چلے گئے ۔

میں تھوڑی دیر تک مُردے کی طرح چپ چاپ زمین پر پڑا رہا۔ جب دیکھا۔ کہ اب کوئی ہاتھی قریب نہیں ہے۔ تو اُٹھ کیا دیکھتا ہوں۔ کہ وہ گڑھا سارے کا سارا ہاتھی دانت سے بھرا ہُوا ہے۔ میں نے حیران ہو کر اپنے دل سے کہا۔ کہ ہاتھی واقعی بہت عقل مند ہوتے ہیں۔ جب ان کو معلوم ہو گیا۔ کہ میں صرف دانت کے لئے ان کو جان سے مارتا ہوں۔ تو انہوں نے مجھے یہ گڑھا دکھلا دیا۔ کہ جتنا جی چاہے ہاتھی دانت لے اور آئندہ ہمیں نہ مار ۔

غلامی سے نجات

میں یہاں سے بھاگم بھاگ سوداگر کے مکان پر پہنچا۔ اور ساری کہانی اس سے بیان کی۔ اس نے خوش ہو کر مجھے گلے سے لگا لیا۔ اور پکار کر کہا: "غریب سندباد میں نے تجھے جنگل میں جا کر بہت تلاش کیا۔ جب کہیں تیرا پتہ نہ چلا۔ تو سمجھ لیا۔ کہ شاید تجھے ہاتھیوں نے مار ڈالا ہو گا۔ شکر ہے تو زندہ سلامت آ گیا"۔

پھر وہ بار برداری کا سامان لے کر میرے ساتھ اُس گڑھے پر گیا۔ اور جتنا ہاتھی دانت اُٹھایا جا سکا۔ لاد لایا۔ مجھے اسی دن سے آزاد کر دیا اور کہا۔ کہ "خدا تیری عمر میں برکت دے۔ تیری وجہ سے میں بہت مالدار ہو جاؤں گا۔ اس سے پیشتر میرے بیسیوں غلام اس جنگل میں ہاتھیوں نے مار ڈالے۔ مگر معلوم ہوتا ہے۔ تیری عمر بہت بڑی ہے۔ آج سے تو مجھے اپنا دوست سمجھ۔ اور جتنا ہاتھی دانت تیرا جی چاہے لے لے"

میں نے بھی بہت سا ہاتھی دانت اکٹھا کر لیا۔ اور اسے لے کر جہاز پر سوار ہوا۔ اُس سوداگر نے بھی مجھے اپنے ملک کی بہت سی سوغاتیں اور عجیب غریب تحفے دئیے۔ غرض ایک مدت بعد کئی جزیروں میں ہوتا ہوا اور ہاتھی دانت کو بیچتا میں بصرے میں پہنچا وہاں سے بغداد کی راہ لی۔ یہاں پہنچتے ہی خلیفہ کی خدمت میں باریاب ہوا۔ اور تحفوں کے پہنچانے کا سارا حال بیان کیا۔ خلیفہ مجھے دیکھ کر بہت خوش ہوا۔ اور فرمایا۔ "مرحبا سندباد مرحبا۔ ہم ہمیشہ تیرے لئے دعائے خیر کرتے رہے ہیں۔ اور تیرے آنے کے منتظر تھے۔ خدا کا شکر ہے۔ کہ تو زندہ سلامت واپس آیا"۔

جب میں نے ہاتھیوں کے جنگل کا حال اور ہاتھی دانت لانے کا حال سنایا۔ تو خلیفہ بہت ہی حیران ہوئے۔ اور فرمایا۔ "یہ سرگذشت سنہری حرفوں میں لکھوا کر ہمارے کتب خانے میں داخل کی جائے"۔ پھر اُس

نے مجھے لاکھوں روپے انعام دئے۔ اور خلعت دے کر رخصت کیا + صاحبو! میں اس وقت سے اپنے اہل وعیال میں رہتا ہوں۔ اور آرام سے زندگی بسر کرتا ہوں ÷

ساتویں سفر کا حال سُنا کر سندباد نے ہندباد کی طرف دیکھا۔ اور مسکرا کر بولا "دوست کیا تو نے اس سے پہلے بھی کسی شخص کو دیکھا ہے جس نے ایسی مصیبتیں اُٹھائی ہوں ؟ اگر میں اتنی مصیبتیں جھیل کر آرام کی زندگی بسر کرتا ہوں۔ تو اس میں حیرانی کی کیا بات ہے"؟

ہندباد نے اس کے ہاتھ پر بوسہ دیا۔ اور کہا "سچ تو یہ ہے۔ کہ آپ نے ان ساتوں سفروں میں جس قدر دُکھ پائے اور مصیبتیں جھیلیں۔ کوئی انسان انہیں خیال میں بھی نہیں لا سکتا۔ آپ کا حال سن کر میری تسلّی ہو گئی۔ واقعی اللہ اسی کو دولت دیتا ہے۔ جو کمانے کے لئے دُکھ درد اُٹھاتا ہے + مجھ میں اتنی ہمت نہیں۔ کہ ایسی تکلیفیں برداشت کر سکوں۔ اب میں اسی حالت پر صبر شکر کرکے رہوں گا + خدا تعالےٰ آپ کو ہمیشہ خوش رکھے۔ میں شکایت کرنے میں واقعی غلطی پر تھا"÷

سندباد نے ہندباد کو پھر ایک سو ریال کی تھیلی دی۔ اور کہا "تم اب مزدوری چھوڑ دو۔ اور میرے ساتھ ساتھ رہا کرو + میں اپنی زندگی بھر تمہاری اور تمہارے بال بچوں کی خبر گیری کروں گا +

چنانچہ ہندباد بڑے آرام سے سندباد کے ساتھ رہنے لگا ÷

بچوں کا ایک دلچسپ ناول

بیگن موتی رانی

مصنف: عادل رشید

بین الاقوامی ایڈیشن شائع ہو چکا ہے

بچوں کا ایک مزیدار و سبق آموز ناول

چالاک مرغا

مصنف: کوثر چاندپوری

بین الاقوامی ایڈیشن شائع ہو چکا ہے